徳間文庫

いけない神主さま

御堂志生

徳間書店

目次

いけない神主さま

吐く息は真っ白で、ふたりの荒い息遣いだけが社務所の中に広がった。

「そ、そこ……ちがう」

七瀬《ななせ》はスカートタイプの赤い巫女袴《みこばかま》を腰まで捲《まく》られ、下着はすでに剝《は》ぎ取られていた。膝《ひざ》を立て、脚を開き、その脚の間にいるのが、白衣と白袴を身に着けた見習い神主の愛川《あいかわ》恵太《けいた》。今はその白袴を脱ぎ捨て、白衣も乱れたままだ。

恵太はいきり立つモノを摑《つか》み、七瀬の体内に挿入しようとしていた。しかし、彼が力を込めるたび、押しつけられるポイントがドンドン後ろにずれて行く。別の場所に入れられてしまうのでは？　そんな不安が七瀬を襲い、思わず口にしていた。

「北村……ちょっと、脚を開いてくれ。その……入れる場所が全然、見えん」

「見てどうする気よ。バカッ！」

電気は消え、室内は真っ暗である。ファンヒーターも切ってしまったので、正月のこの時期、十畳程度の社務所はかなり冷え込む。

でも今のふたりには寒さを感じる余裕すらなかった。

「やっ……んん。そこ……なんで何回も触るの」

挿入する場所を確認するように、何度も恵太の指が往復して……七瀬は喘《あえ》ぐように首を振る。

「おまえが違うって言うから、でも、ここだろ?」

「ぁんんっ!」

突然、スルリと恵太の指が中に滑り込み、七瀬は唇を噛《か》み締めた。クチュ……そんな小さな水音がして、酷《ひど》く恥ずかしい思いで両膝をしっかり閉じようとする。

「ちょ、ちょっと待て、痛いって……おまえ、プロレス技じゃないんだから」

「だ、だって……そんなとこに指を」

恵太の身体を思い切り挟みつける格好になってしまったらしい。

七瀬は太くて長い指を体内に感じ、とても恵太を気遣うどころではなかった。

入り込んだ指が体内を探るようにクルクルと掻《か》き回される。恥ずかしさのもたらす初めての快感へ、七瀬はゆっくりと堕《お》ちていった。

「……気持ちいいか？」

それは聞きなれない恵太の声だ。

低く、掠《かす》れた、大人の男性のような声。緩《ゆる》やかに腰を回し始めた七瀬の反応に、彼は自分の愛撫が悦びを与えていると気づいたのだろう。

得意そうな恵太の声を聞き、七瀬の中に敗北感が漂う。

初めて恵太に会ったのは幼稚園のときだった。当時はそれほど親しくもなく。

偶然、同じ町内に住み、同じ中学校まで通ったというだけの仲。小学校を卒業するころは七瀬のほうが背も高く、成績も上だったのに……。

今は恵太に組み敷かれ、彼のほうが明らかに余裕だなんて。

「……別に……」

七瀬は短く答えるだけで精いっぱいだ。でも、恵太にそんな強がりは伝わらなかったらしい。ムッとした気配に変わり、彼は素早く指を引き抜いた。

「ホント、可愛くない奴」

そんなセリフが聞こえ、七瀬はカッとして畳に肘《ひじ》をつき、身体を起こそうとした。だがその前に、恵太の高ぶりは指で充分に潤った蜜壺を押し広げ、ひと息に侵入を果たす。

「やっ……ぁん」

恵太の指は太いと思っていたが、たった今押し込まれたモノとは比べ物にならない。引き裂かれそうな圧迫感に七瀬は怖くて堪らなくなる。

「いたっ……恵太、あたし……」

ほんの少し前までたしかに寒かった。今も、気温は変わらないはずなのに。

(熱い。身体も息もそれに……あたしの中に入ってるモノも)

恵太の手が七瀬の両手首を摑む。その手も火傷《やけど》しそうなほど熱かった。

ゆっくりと恵太の顔が近づいてくる。恥ずかしくて横を向いていたはずが、気がつくとまじまじと彼の顔を見ていた。

「おまえ、そんなに見るな」

「見るなって言われても……」

「だから、キスするんだから目を閉じろよ」

「命令しないでよ。あたしは」

「ああ、もう、うるさい！」

ふたつの唇が重なった瞬間、恵太は腰を回すようにねじ込んできた。

七瀬は強引に脚を開かされる格好になり、肘で支え切れなくなる。背中が畳につき、完全に仰向《あおむ》けになった七瀬の上に、恵太は圧《の》し掛かってきた。

ギュッと目を閉じ、繋《つな》がった部分に意識を集める。

（……さっきより、もっと深い……）

恵太が動くたび、柔らかな膣壁を擦られる感覚が七瀬に伝わった。少しだけヒリヒリと痛む。しだいに、痛みより身体が浮き上がるような、奇妙な感じがして……。

畳に触れていた手が、自然と恵太の背中に回っていた。

キスを繰り返しながら、恵太の動きが止まった直後、短い呻《うめ》き声が聞こえた。

闇に慣れた七瀬の瞳に、目を閉じて歯を食いしばる恵太の顔が映る。それはいつもの彼からは想像できないほど、色っぽい表情で……。

七瀬は彼と結ばれたこの夜を、絶対に忘れない、と心に誓った。

『こりゃ、恵太の嫁さんは七ちゃんに決まりだな』

正月早々、社務所の前に大人たちが集まり、町内会の会合のように話している。その中でひと際声の大きい町内会長が、そんなことを言い出したのだ。

『中学のころから、七ちゃんは巫女の手伝いをしてるもんな。よかったな、愛川さん。いい後継ぎもいるし、嫁さんもバッチリだ』

『七ちゃんは親孝行でいい子だし、目の前の神社なら里美《さとみ》さんも安心だよ』

相槌《あいづち》を打ったのは七瀬の母、北村里美が経営する喫茶店『セナ』の常連客だ。

恵太の実家、八幡《はちまん》神社と道を挟んだ向かい側に喫茶店はある。それはいやでも顔を合わせてしまう距離だった。

『私の歳《とし》が歳だからね。そうなってくれたら嬉しいが……。まあ、春から東京の大学だし、帰ってきてからの話だな』

神社の宮司《ぐうじ》である恵太の父は白くなった髪を撫《な》でながら言う。

社務所の中、七瀬は隣に立つ恵太を気にしつつ、

『そんな、恵太くんのことは、別に。あたしは……おばさんに頼まれてやってるだけだし。それに、全然親孝行とかじゃないし……』

小さな声で言い訳する。大人たちに、というより恵太に向けて。

『言わせとけばいいんじゃないか』

おみくじの枚数をチェックしながら恵太はぶっきらぼうに答えた。

『そんなこと……冗談じゃ』

そのとき、テーブルの下でふたりの手が触れた。

慌てて引っ込めようとした七瀬の手を恵太が握る。七瀬は心臓がドキドキして、口から飛び出してしまいそうだ。

（ひょっとして、あたしの気持ち知ってるの？　恵太くんも同じだったりする？）

次に参拝客が来ておみくじを引くまで、恵太はずっと七瀬の手を握り締めていた。

真冬の夜七時ともなれば辺りは真っ暗だ。社務所の販売用窓口を閉めると、『おばさん疲れちゃった、歳かなぁ』と恵太の母はぼやいた。

『じゃあ、後片付けはあたしがやっとく。お金の計算は家ですれば？　ここ寒いし』

社務所の真裏に恵太の家がある。行き来が便利なように、社務所とは渡り廊下で繋がっていた。七瀬の言葉に恵太の母は喜んで引き揚げて行く。

恵太が社務所に来たのはその二十分後――。

いつもと違うムードが恵太の全身を包んでいて……。

『北村……いいか？』

そのひと言で、七瀬は社務所の奥にある畳の間に押し倒されていた。

(なんで告白する前にエッチするかなぁ。まあ、抵抗しなかったあたしもあたしだけど。だって、あんな目で見られたら……)

エッチのあとがこんなに気恥ずかしいものだとは知らなかった。

七瀬は恵太に背中を向けたまま、急いで下着を身に着ける。

(そういえば……巫女って経験済みでもいいんだっけ? 小説やマンガでは〝処女〟を失ったら巫女を辞めなきゃならないってよくあるけど)

とはいえ、恵太と経験してしまったので巫女のお手伝いはできません、とは言えない。それに、なんだか神聖な場所を穢《けが》してしまったようで、恵太に尋ねるのも躊躇《ためら》われた。

だが、正月三が日を手伝うくらいなら、神様も大目に見てくれるかもしれない。これからも、巫女の格好をしてお正月は恵太の隣に立ちたい。

恵太はすでに推薦でK学院大学神道文化学部への入学を決めている。そして七瀬も進路を変えるつもりはなかった。父亡きあと、女手ひとつで育ててくれた母のもとを離れる気にはなれない。

春から四年間、ふたりはほとんど会えなくなる。

（大丈夫。恵太くんはこの神社の宮司になることが決まってるし。たった四年だよ）

冷たい風が巫女袴の裾から入り込み、七瀬は身震いした。

夢中になって抱き合っていたときは忘れていたが、ひとりになると寒さが身に沁みる。

恵太が優しい言葉をかけてくれたら。肩を抱き寄せてくれたなら。七瀬は袴の紐を結ぶ恵太の背中を見ながら、そっと手を伸ばした。

白衣の袂《たもと》を摑み、少しだけ引っ張ってみようと思うが……。

（ダメ。あたしには絶対ムリ）

自分から甘えるような仕草なんて、とてもできそうにない。

彼女はしだいに、なかなか振り向かない恵太に苛立《いらだ》ちを感じ始めた。

「ねえ、ちょっと。着付け、まだ終わらないの？」

「いいよ、もう。おまえのお袋さんが心配して来たらまずいし、先に帰れよ」

たしかに、道一本隔てたところに七瀬の家はある。送ってもらうほど遠くじゃない。それでも、初めて結ばれたばかりの恋人にこの言い方はあんまりだろう。

七瀬はカチンときて恵太に言い返した。

「何よ、それ！　だったら二度と、巫女の手伝いなんかしてやんないからっ」

するとと、恵太は最初にはずした縁なし眼鏡をかけ直しながら、なんでもないことのように答えたのだ。

「ああ……おまえ、さ。もう、巫女はやらなくていいから」

それは、冷静さを通り越した冷ややかな声だった。七瀬は足元から凍りついていくのを感じる。恵太の声が耳の奥でエコーがかかったようにいつまでも響いていた。

「それでいいだろう?」

「……ん、いいよ。別に……」

「わかってるだろうけど、親父たちには言うなよ」

なんて勝手な言い草だろう。

「へえ、おじさんにバレたら怖いんだ」

「俺はいいけど……そっちが気まずいと思ったんだ」

人に知られたら、ずっと地元に残る七瀬のほうが恥ずかしい思いをするのは目に見えている。

「言わない。……じゃ、あたし帰る」

恵太は引き止めなかった。

二度と恵太の神社には足を踏み入れない。二度と神主がカッコいいなんて思わないし、白袴が清廉潔白で素敵だなんて見惚《みと》れたりしない！

七瀬は誓いを新たにし、切ない初体験を心の奥に封印した——。

☆　☆　☆

——四年後。

商店街の飾りつけが洋風から和風に一転する十二月二十六日、七瀬はいつもと同じ朝を迎えていた。

青い回転灯の付いたコロ付きの看板を店内から引っ張り出し、道路とギリギリの位置にセットする。朝七時半から昼の二時まで営業し、休憩と仕込みの時間を取って、夕方五時に夜の営業を再開。九時が閉店時間だ。

夜は母がひとりで店に出る。その代わり、朝十時までのモーニングの時間帯は七瀬ひとりで切り盛りしていた。四人掛けのテーブル席が四つ、カウンター席が五つ、満員でも二十人が精々だ。ランチはともかく、モーニングは半分入ればいいところだろう。準備さえ整えておけば、こなせない人数ではなかった。

「おはよう、七ちゃん、相変わらず早いね」

早朝は散歩するお年寄りが多い。いつも見る顔が七瀬に声をかけて、通り過ぎて行く。

「あ、おはようございます」

七瀬は笑顔で返すと、お湯を絞った雑巾で年季の入った看板を丁寧に拭いた。


喫茶・軽食セナ——新しい客は必ずと言っていいほど、『カーレースが好きなの？』と七瀬や母に尋ねる。

北村瀬名《せな》は七瀬の父の名前だ。父は彼女が四歳のとき、交通事故で亡くなった。享年二十八、母は二十六歳で未亡人となり、父の保険金でこの家を買い喫茶店を始めた。

『一生食べていけるほどの大金じゃなかったし、家で働けば七瀬と一緒にいられるでしょう？　実家が食堂だったから、接客は慣れてたしね』

七瀬が母にこの店を始めた理由を聞いたとき、そんなふうに笑っていた。

七瀬は小さいころから、たくさんの時間を店の中で過ごした。店の奥には六畳間があり簡易キッチンが付いている。二階には二部屋、それぞれの寝室があった。だが、母のそばにいたい七瀬はいろいろな理由をつけて店に出入りしていた。

中学・高校時代は、とくにやりたいことはないから、と部活もせず、店の手伝いをした。母は最初、年ごろになっても店に出入りする七瀬のことが心配だったらしい。

どうして好きなことをしないのか。進学したければ大学に行き、なりたい職業を目指しなさい、と口酸っぱく言われた。

でも彼女は、高校を卒業したら母の店を手伝うと、中学生のころから心に決めていたのである。

(なりたいもの……か)

看板を拭き終え、七瀬は箒《ほうき》と塵取《ちりと》りを持って店先に立った。

正面に鬱蒼《うっそう》とした木立が見える。大きな樫《かし》の木は樹齢二百年だと誰かが言っていた。石造りの鳥居をくぐると狛犬《こまいぬ》の向こうに手水舎《ちょうずや》があり、夏も冬も、澄んだ水をなみなみと湛《たた》えていた。

四年前まで、七瀬が早朝に店先の掃除をしていると、必ず神社の奥から恵太が現れ、門前を掃き清めていた。道路を隔てているので挨拶すらしない。時折、横目で彼を見るだけ……七瀬にはそれだけで充分だった。

高校の友だちとしゃべっていて、〝気になる男〟という話題が出たとき、思わず恵太のことを話した。

『へえー幼なじみなんだ！』

そう言われて驚いたことを思い出す。

同じ町内だから同じ学校に通った。それは〝幼なじみ〟なんて甘酸っぱい響きのする関係では断じてない。

『違うって、単なるご近所さん。年に二、三回しか話さないし』

『でも好きなんでしょ？』

『気になるってだけ！　大人にはいい子なくせに、あたしには無愛想でムカつくって話なのっ』

友だちは幼稚園児の相手でもするように『はいはい』と言い、それ以上聞いてはこなかった。

（幼なじみの見習い神主に片思いしてるって噂されたっけ。アイツと同じ高校じゃなくて、ホントよかった）

同じ中学を卒業したあと、恵太は市内でトップクラスの進学校に、七瀬は商業高校に進んだ。学校で姿を見ることができなくなり、朝のわずかな時間だけが七瀬と恵太の繋がりだった。――あの日までは。

（お似合いだって言われて、頭が変になってたんだ。そうじゃなかったら、簡単にあんなコト……）

七瀬は神社の入り口をキッと睨んだ。

あの正月から、いろんな言い訳をしつつ七瀬は巫女の手伝いを断っている。だけど引き受けてもよかったかもしれない。あれ以来、恵太は一度も戻って来ていないのだから。

（バラされるかもってビビってるんだ。ムカつく男！）

七瀬は何も聞いていないが、さすがに大学を卒業したら戻ってくるだろう。七瀬が店を継いだら、この先何十年も〝ご近所〟を続けることになる。いずれ恵太も結婚する。それを目の前で見続けなくてはいけないなんて。

気まずいのはお互い様。それなのに、七瀬はあの夜感じた敗北感を拭《ぬぐ》えないでいた。

恵太に受けた屈辱が忘れられないせいだ。あの男は動揺も見せず、ヤルだけヤッて七瀬を追い払った。七瀬は平気なフリで家に戻り、母に『疲れた』と言い訳してベッドに飛び込み、夜通し泣いた。下半身の痛みは数日でなくなったが、胸は今もズキズキと痛む。

なんとしても、恵太が戻ってくるまでには彼氏を作ろう。そう意気込んでいたのに。

(出会いがなさ過ぎ……。店に来る男の平均年齢なんか、還暦だもんなぁ)

すれ違う男性が振り返るほどの美貌ではないが、高校時代は何度となく告白された。色っぽくはないけれどスタイルも悪くないと思う。ただ、髪型やメイクはよく言えば自然体、正直に言うとあまり構わないタイプだ。

(こんなことなら高校時代に彼氏のひとりでも作っとくんだった)

七瀬がここ最近でデートに誘われたのは半年前。相手はお店の常連客で、三十代後半のバツイチ男性。どう頑張っても恋愛対象とは思えず、丁寧にお断りした。

(それもこれも、ぜーんぶアイツのせいだ！　セクハラ神主めっ)

箒をブンッと振り回し、神社のほうに向けた瞬間、中から人が出て来た。七瀬は慌てて箒を下げ、せっせと掃除しているフリをする。

恵太がいなくなって、朝の仕事はおばさんがするようになった。でも、今日は何かが違う。昔よく目にした、袴がチラッと見えた気がする。

神社に神主はおじさんだけだ。でも、おじさんはいつも丸い紋の入った紫袴を穿《は》いている。今、目の端に映ったのは……。

上下とも白を身に着けた神主姿の男性。

髪は昔と変わらぬベリーショートだ。縁なしの眼鏡をかけ、無表情に門前を掃いている。

そんなに大柄ではないが、白衣越しに触れた胸板はけっこう厚かった。肩幅も七瀬とは比べ物にならないほど広くて。遠目にはつるつるに見える顎《あご》も、はだけた胸元にキスされたとき、チクチクして痛かったことを鮮明に思い出す。

そこにいたのは七瀬の処女を奪い、口止めしてあっさり捨てた最低男、愛川恵太だった。

そのとき、恵太が顔を上げた。

真正面から見つめられ、七瀬は身動きが取れなくなる。すると、恵太が大股で走ってきたのだ。

（え？　何？　なんなの？）

唐突に腕を摑まれ、七瀬は引っ張られた。恵太の胸に抱き締められた格好である。そして彼女の耳に届いた言葉は……。

「何やってるんだ!?　幼稚園児じゃあるまいし、車道に飛び出すんじゃない！」

い。

怒鳴られてようやく気がつく。

恵太に気を取られ、七瀬はフラフラと車道の真ん中まで出てしまっていた。幸い車は来なかったが、交通量の少ない早朝だからこそ、ちゃんと前を見ないで飛ばしている車も多い。

悔しいが礼くらいは言うべきだろう。七瀬が口を開こうとしたとき、

「おまえ、そんなに俺に会いたかったんだ」

恵太は思わせぶりな笑みを浮かべて言ったのだ。

よりにもよって、図々しいにもほどがある。

「ふざけないで！　誰があんたなんか。よく帰って来れたもんね！」

「当たり前だろう？　そこは俺の実家だぞ」

「へえー。その割に三年九ヶ月ぶりじゃない？」

「……今年の夏には帰って来てたんだ。すぐあっちに戻ったから、おまえの店には顔を出せなかったけど」

恵太の口調は完全に七瀬を見下したものに感じられた。

まるで、七瀬が彼からの連絡を待ち続けていたような……。

「あたしは別に」

「年賀状や暑中見舞いも送ったのに、連絡して来なかったのはそっちじゃないか」

たしかに、定型文の印刷されたハガキが毎年律儀に届いていた。宛名と恵太の名前や住所、携帯番号だけが几帳面な彼の字で書かれ、他には何もない。そんなものを送る恵太の神経がわからなかった。

七瀬は恵太の手を振り払い、

「だから何よ。どうせなら、切手シートくらい当たるのを送ってよね」

ふん、と鼻を鳴らし、横を向きながら言う。

「ホント、いくつになっても可愛くない女だな」

「あたしが可愛くても可愛くなくても、あんたに関係ないでしょ？　大きなお世話っ」

「本気で言ってるんだったら怒るぞ。少しは素直になれよ。いつまでもガキじゃないんだから……」

トーンの落ちた声に、七瀬の鼓動は速くなる。

それは、七瀬を組み敷きながら囁いた声と同じだ。恵太の指に翻弄され、不覚にも腰を揺らしたときのことが思い出され、七瀬は一瞬で頬が熱くなる。

「……いや、ちょっと訂正。おまえって身体は素直なんだよな。今、いやらしいこと考えただろう?」

「かっかんがえて、なんか」

舌がもつれて上手くしゃべれない。そんな七瀬の顎に恵太の冷たい指先が添えられた。

「北村のへらず口を黙らせる方法、知ってるんだけど……試していいか?」

恵太の指に少しだけ力が加わり、クイッと上を向かされる。彼は真摯《しんし》なまなざしで、眼鏡の奥から七瀬を見つめていた。とても、一夜で女を捨てる最低男とは思えない。

七瀬は思わず目を閉じそうになる。

すると……コツン、と竹箒の柄が七瀬の額を小突いた。

「なっ! 何するのよ」

「それはこっちのセリフだ。朝っぱらから道端で何させる気だよ」

改めて聞かれると返答に困る。第一、思わせぶりなことを言ったのは恵太ではないか。

「話があるんだ。午後から店に行く。逃げるなよ」

車が来ないのを確認して、恵太はサッと道路を渡って行く。

「どうして、あたしが逃げなきゃなんないわけ!?」

恵太の背中に、七瀬は箒を振り回しながら大きな声で叫んだ。

その瞬間、恵太は無表情のまま振り返った。何か言いたそうに口を開くが……。ふたりの間を始発のバスが通り過ぎる。

次に七瀬の目に映ったのは、あの夜と同じ、白く冷たい恵太の背中だった。

☆　☆　☆

「七《なな》ちゃん？　なーなちゃん。そのコーヒーはちょっと……」

常連客の声で七瀬はハッと我に返る。

コーヒーはお湯を注ぎ過ぎて、ドリッパーから溢《あふ》れていた。ドリップポットに落としたコーヒーには粉も混じり、とても飲めたものじゃない。

「ご、ごめんなさい。佐久田《さくた》先生、すぐに淹《い》れ直しますから」

佐久田は店の裏にある、今ではあまり見かけなくなったそろばん塾の先生であった。七瀬も小さいころから通い、中学生のときに一級を取った腕前だ。そのおかげで商業高校では珠算の授業がずいぶん楽だったし、資格試験は簿記に集中することができた。

六十歳を超しているが、佐久田は背筋もピンとしてスーツの似合うロマンス・グレーの紳士である。

「どうしたんだい？　今日はやけに失敗が多いなぁ。悩みごとがあるんなら、私が相談に乗るよ」

「いえ、なんでもないんです。今年も終わりだなぁとか思って」

必死に笑おうとする七瀬だった。

もうすぐ昼の二時になる。一旦店を閉める時間だ。恵太は『午後』と言っていた。てっきり、店が開いているうちに来るのだ、と思っていたが、違うのかもしれない。

(何時に来るってハッキリ言っといてよ)

ランチタイムになってから『いらっしゃいませ』の声が母より二秒ほど遅れている。入り口のドアが開き、カランカランとドアベルが鳴るたびに、息を止めてしまうせいだ。そのたびにガッカリして、恵太のことを考えてしまう。結果、サラダにドレッシングをかけ忘れたり、オーダーを間違えたり、散々だった。

「七ちゃんの悩みは、ズバリ恋の悩みだな！」

「まあ店長さんたら」

勝手に七瀬の悩みを分析するのは、喫茶店と同じ道路沿いにあるコンビニの店長、高峰《たかみね》だ。五十代でバツイチ、子供も成人している。高峰の目当ては母の里美らしい。

今、店内に残っている客は佐久田と高峰のふたり。

「今年のクリスマスもどこにも行かなかったんだろう？　若い子がそれでどうするんだい。よし、うちの系列の社員に声をかけてやろう。彼女がいなくて寂しい奴がけっこういるんだ」

「そんな……社員さんて言えば、立派な大学を出られてる方ばかりでしょう？　うちの子なんて相手にされませんよ」

母はかなり学歴を気にする。

なんでも母自身が高卒で、父の両親に大卒の父とは不釣り合いだと交際を反対されたらしい。おまけに、結婚の挨拶に行ったとき、母のお腹にはすでに七瀬がいた。そのことも祖父母を頑なにさせた理由のひとつだ。そして、ふたりは駆け落ち同然に結婚。祖父母との関係を修復する時間もないまま父が亡くなり……現在も絶縁状態が続いている。

「別に、デートするくらい学歴なんて関係ないじゃない」

「そうよ。デートだけで終わって、結婚相手として見てもらえないの。だから、進学しなさいって言ったのに。お父さんが残してくれた学資保険だってあったんだから」

七瀬がひとつ言い返すと、三倍くらいになって返ってくる。

佐久田は苦笑しながら親子の間に割って入り、

「まあまあ、里美さんのことを心配して商売を手伝ってくれるいい娘さんじゃないか。うちで習ったそろばんも活かしてるみたいだし、なぁ」

「また、佐久田先生は七瀬に甘いから。それに、私は娘に心配してもらうほど年寄りじゃありません」

母は常連客から〝癒やし系ママ〟と呼ばれていた。甘え上手というのか、今も拗《す》ねた表情で横を向き、ふたりに構われている。父親似の七瀬には、百年修行しても真似できそうにない。

七瀬は感心しながら、新しく淹れ直したコーヒーを佐久田の前に置いた。

「だが店長さん、社員さんを紹介するのはちょっと待ったほうがいいなぁ」

コーヒーを啜《すす》りながら佐久田は高峰に言った。

「どうしてです？　もうすぐお正月だ。若い子なら、初詣でにはカップルで行きたいもんじゃないの？」

「いやいや、今年はほら、神社の恵太くんが帰ってきてるから」

いきなり恵太の名前が出て、七瀬はびっくりして下げたお皿を落としそうになった。

「恵太くんが？　大学卒業してからって聞いてたのに」

母も驚いたようだ。

「ああ、ほら。夏にあんなことがあったからね。彼は若いがしっかりしたいい青年だ」

「ほんとにねぇ。とてもうちの子と同じ歳には思えないわ」

七瀬は母の様子より、佐久田の〝夏がどうの〟という言葉が気になった。

「あの、佐久田先生……」

その瞬間、カランカランとベルが鳴る。

「すみません、今日はもう、ランチタイムは終わったんで」

七瀬は苛立ちを露《あら》わに振り返る——だが、そこに立っていたのは恵太だった。

一時間後、七瀬と恵太はふたりきりで店の中にいた。

高峰は佐久田に引っ張られるように引き揚げ、母も『仕入れに行って来るから。あとはお願いね』と出かけてしまった。恵太は七瀬の作ったチャーハンを平らげ、今は食後のコーヒーを口に運んでいる。

朝と違って、恵太は黒いハイネックのセーターにブラックデニムのジーンズを穿いていた。足元はシンプルな白のスニーカー……。

「何？　足がどうかしたか？」

七瀬の視線に気づいたらしい。

「そのスニーカーってさ。中学のころ、履いてなかった？　だって裏に名前が書いてあるし」

かかとの部分にマジックで〝愛川〟と書かれていた。高校に入ってからは、ブランド物の黒やグレーのスニーカーばかり履いていた気がする。

「ああ、よく覚えてるな。中三の終わりに買ってもらって、そのままになってたんだ。サイズは一緒だからな。ちょうどいいから履いてる」

「そのころから身長伸びてないもんね」

「おまえも変わらないよ――」

恵太はレンズ越しにじっと七瀬を見つめた。彼女は慌てて背中を向け、忙しそうな素振りをする。だが、恵太の視線を痛いほど感じ……。

「とくに胸の辺りが」

「なっ！　このドスケベ神主！」

ドキドキした分だけ頭にくる。しかも、七瀬が怒鳴り返しても、恵太はしれっとした顔でコーヒーを飲んでいるのだ。

（——あのときもそうだった）

七瀬はふいに、中学二年のバレンタインデーのことを思い出していた。


当時、七瀬はひとつ上の先輩のことが好きだった。遅い初恋は奥手な彼女に、思い切った行動を取らせてしまう……。

七瀬は卒業と受験を控えた先輩に、応援の意味も込めて手作りチョコレートを渡そうと考えた。

先輩に喜んでもらえますように、と恵太の神社でこっそりお百度まで踏む。当日はお賽《さい》銭《せん》に五百円もはたいてお願いし、満を持して先輩をひと気のない神社の裏手まで呼び出すことに成功したのだ。

七瀬は勇気を出して、可愛くラッピングしたチョコレートを差し出した。ところが、

『今、そんなこと考えてる場合じゃないんだよ。周りをウロチョロして僕の邪魔をするなっ！』

怒声と共にチョコレートは払い落とされた。そのまま樫の木にぶつかり、ラッピングはほどけ、無残にも中味が土の上にバラバラと落下する。

先輩の卒業後に聞いた話では、滑り止めの私立高校が不合格になり、かなり焦っていたという。おまけに、三年生の間では彼に恋する七瀬のことが噂になっていた。中学三年生の男子にとっては、嬉しいよりも恥ずかしさが先に立ってのことだったに違いない。

だが、フラれた直後の七瀬にそんなことがわかるはずもなく。ショックのあまり泣いていたところに、現れたのが恵太だった。

最低なシーンと泣き顔まで見られ、七瀬は身の置き場がない。なのに、初めて見る白い袴姿の恵太から、彼女は目が離せなかった。

『残念だったたな。お百度まで踏んだのに』

『見てたの⁉』

『見えたんだ』

抑揚のない恵太の声が小馬鹿にしているように感じられた。七瀬は思わず、

『あんたのせいよ！　あんたが見てたから』

何も言い返さない恵太にさらに文句を言った。

『何よっ！　あんたの神社って全然ご利益がないじゃない！　二度とお参りなんてしないんだから』

恵太は黙ってチョコレートを拾い、七瀬に差し出した。

でも、彼女はそれを払い除《の》けたのだ。先輩にされたのと同じことをして、怒りと悲しみを恵太にぶつけた。白い袴の裾がチョコレートで汚れ……。それを目の端に捉えながら、七瀬はその場から逃げ出した。

チョコレートをぶつけて袴を汚すつもりなどなかった。悔しさと恥ずかしさで八つ当たりしてしまっただけだ。黙って言われるままになっていた恵太の姿が、失恋のショックも忘れるくらい、七瀬の胸に焼き付いた。

そして次の日から、七瀬の視線は恵太を追うようになり……。

七瀬は呼吸を整え、恵太に尋ねる。

「話って何？　まさか、あたしの胸のサイズを聞きに来たわけじゃないでしょ」

「当たり前だ」

「だったら何よ！」

「正月の三が日、巫女の手伝いをして欲しいんだ。ボランティアじゃなくてバイト料は出すよ」

七瀬の胸に、四年前の悲しみが噴き上げてきた。

――もう、巫女はやらなくていいから。

あの夜、恵太はきっぱりと言い切ったのに。どうして今になって蒸し返すのか。

「やらない。言ったでしょ、巫女は二度としないって」

「わかってる。今回だけだよ。どうしても人手が足りないんだ。一から教えながらじゃ余計に大変だし……」

「あんたねぇ……他に言うことはないわけ!?」

せめて、『四年前は悪かった』とか、謝罪くらい口にしてもいいはずだ。もちろん、謝られたくらいで水に流すつもりはないけれど。

「よ、四年前のこと……ちゃ、ちゃんと謝ってもいないくせに」

七瀬はすぐに歯を食いしばる。

(コイツの前で、二度と泣くもんか！)

恵太は空になったコーヒーカップをクルクル手の中で回しながら、

「――今さら？　おまえだって喜んでただろう。とにかく、俺たちの仲じゃないか。巫女の件、前向きに考えてくれ」

「今さらって。あたしは……あたしたちの仲って」

さらりと恵太に言われ、七瀬は戸惑った。

表情が乏しい上に言葉も少ない。何を考えているのか今ひとつハッキリしない男である。だが、その余裕ある態度は四年前とは別人に思えた。

(彼女ができたんだ。だから朝だってあんな……)

七瀬をからかうような仕草なんて、昔の恵太にはなかったことだ。そう思うと、悔しくて切なくて、どうにも我慢できない。

恵太は代金をテーブルに置き、ジャンパーを手に席を立った。七瀬は追いかけるようにカウンターの中からフロアに出る。

「ちょっと待ってよ。あたしは巫女なんて絶対にしない。だって……」

ゴクッと唾《つば》を飲み込むと、七瀬は胸を張って言い返した。

「……だって、彼とデートの約束してるんだもの」

その言葉に初めて恵太の表情が変わった。

七瀬はようやく一矢《いっし》報いた気分になり、

「彼の車で、大晦日の夜から初詣でに行くの。もちろんお泊まりでね。帰ってくるのは元日の深夜かなぁ。ひょっとしたら二日になるかも。だから、悪いけど」

調子に乗ってペラペラとしゃべってしまう。その直後、恵太のジャンパーがバサッと床に落ちた。

恵太は七瀬の腕を掴み、待ったなしで抱き寄せると激しく唇を奪う。重ねられた唇が熱い。彼の熱に煽《あお》られ、七瀬は身体の火照《ほて》りを抑えることができなかった。突き飛ばすこともせず、条件反射のように目を閉じ、されるがままになる。

七瀬はよろけて数歩下がり、ちょうど恵太が座っていたカウンターの椅子にストンと腰かけてしまった。それでも恵太はキスをやめようとしない。覆いかぶさるように唇を押し当て、右手で七瀬のジーンズのファスナーを下ろした。

「俺……制服以外でおまえのスカート見たことない」

互いの唇を触れ合わせたまま、恵太は囁く。

「だから、巫女くらいやれよ。あれはスカートみたいなもんだし、おまえも一人前の女に見える」

七瀬が抗議の声を上げようとしたとき、開いた唇から舌を押し込んできた。恵太は七瀬の舌を探るように、奥まで侵入してくる。

（……嚙み切って、やるんだから……）

胸の中でそう思ったものの、実際には恵太の舌に歯を立てることもできなかった。

開いたファスナーから恵太の指が入り込む。薄い布地越し、覚えのある指先が七瀬の敏感な部分を撫で擦った。

「んんっ……んん」

長いキスだった。恵太は一向に唇を解放してくれない。それどころか、指先で花芯を抓《つま》まれゆっくりと弄《もてあそ》ばれた。身体の奥からとろりとした液体が零《こぼ》れ落ち……ショーツに染み込んでいくのがわかる。

七瀬は必死で我慢した。でも、恵太の指の動きに合わせ、ショーツが濡れるのも構わず快楽に身を委ねてしまい……。

「い、いや、ダメ……お願い、やぁ、あぁぁっ！」

恵太の唇が離れた瞬間、ついには背中を反らせ、七瀬は太腿を戦慄《わなな》かせながら絶頂に達してしまう。

そして、ぐったりとした七瀬の身体に、恵太は下腹部を押し当てる。そこは硬く強張り、デニム越しでも形がわかるほどになっていた。

「北村……俺、もう」

「ん、あたしも……いいよ、きて」

もう、どうでもいい。簡単に抱ける相手と思われても、四年前の熱をもう一度味わえるなら――。

七瀬がそう思った瞬間、店内に電話の音が鳴り響いた。

恵太は慌てて七瀬から飛び退《の》いて口元を押さえた。床に落ちたジャンパーを拾うと、

「巫女袴、用意しとくから……絶対に来いよ！」

怒鳴るように言い、恵太は店から飛び出した。

「え？　愛川のおじさんて、倒れたの？」

　恵太が店にやって来た夜、七瀬は母から愛川家の実情を聞いた。

　恵太の両親は結婚が遅かったという。ひとり息子の恵太が二十一歳なのに、ふたりともすでに六十代だ。しかも、神社の経営というのは、そう簡単なものではないらしい。

　そもそも、神社は個人のものではなく、地域のもの、という考え方が定着している。だからこそ、宮司と同じくらい発言権のある氏子総代《うじこそうだい》がいて、地域で協力し合って神社を維持するのだ。当然のように、宮司や神主の収入というのはそれほど多くない。複数の神社の神主を兼ねたり、副業で収入を得たり、おばさんも神社の仕事を手伝う傍ら、着付けや茶道の教室を開き家計を助けていた。

　あと半年で恵太が戻ってくる。そんなとき、おじさんが夏風邪をこじらせ、肺炎で入院したのだ。

（だから、夏に帰省したんだ。そう言ってくれたら、あたしだって）

　七瀬はできるだけ神社の話から遠ざかっていた。そのせいで何も知らなかった。目の前に住みながら、薄情だと恵太も呆《あき》れただろう。

黙り込む娘の心情を知ってか知らずか、母は話を続けた。

「ここ何年か、恵太くんの従姉さんが県北から来てくれてたんだけど、今年結婚されておめでたなんですって。それに、寒くなってから宮司さんの体調がパッとしないらしいの。夏に入院したときは、別の神社から神主様を派遣してもらったそうだけど。今回は恵太くんが祝詞《のりと》を上げるらしいわ」

絶対に行くもんか、そう思っていたのに。

(悔しい……でも、恵太くんのことほっとけない)

母の言葉に七瀬の心は揺れた。

☆　☆　☆

元日――

初詣での参拝客はそれぞれ賽銭箱の前に立ち、ガランガランと鈴を鳴らし拝んでいる。

二礼二拍手一礼が正式な作法だが、そこまでちゃんとしている人は滅多にいない。

有名な神社であれば参道に列を成すが、それほどまで人が集まるはずもなく。

三年ぶりの巫女だったが、社務所に集まってくるのは昔と変わらない顔ぶれだ。老人会と町内会の両方に籍を置く面々が顔を揃え、「おめでとうございます、今年もよろしく」とやっている。以前は社務所の横で焚《た》き火をしていたのだが、今は石油ストーブが置かれていた。

新年の祈禱《きとう》を恵太に任せ、宮司である恵太の父はみんなと談笑中だ。

今日の恵太は見習い神主の白袴ではなかった。白色の狩衣《かりぎぬ》を上に着て浅葱《あさぎ》色の袴を穿いている。頭には烏帽子《えぼし》をかぶり、まるで平安貴族のようないでたちだ。その静かな佇《たたず》まいに、七瀬は心ならずも目が釘付けになる。

(水色の袴姿なんて……初めて)

そんな彼にボーッとなったのは七瀬だけではなかった。


「きゃー恵太先輩、カッコいい〜」

「祝詞の声もすっごく素敵でした！」

七瀬と同じ、赤い巫女袴を穿いた女の子がふたり、恵太の左右に立っている。ふたりは恵太と同じ高校の後輩で、現役の女子高生だった。

　そしてふたりは、清掃と称してたびたび境内に出て行く。家族や友人が訪れると長い立ち話を始め、果ては参拝客と記念撮影までしている。そのうちのひとり、奥西宏美《おくにしひろみ》は祖父が町内に住んでいた。しかも老人会の顔役なので、宏美にもあまり強いことは言えないらしい。

「あたし、絶対来年も来ます！」

「あたしも！　先輩のためなら、本物の巫女さん目指しちゃう！」

「えー、ずるい。春になったら先輩が神主様なんですよね？　ゼッタイ遊びに来ますっ！」

　楽しそうにはしゃぐ後輩たちに、恵太は無言のまま困った顔で微笑《ほほえ》んだ。

「ごめんなさいね、七ちゃん」

　七瀬はふいに後ろから声をかけられ、ドキッとする。

「恵太は大丈夫って言ってたんだけど、おばさんが勝手に老人会の奥西さんにお願いしちゃって……」

　おばさんは彼女らを見て苦笑いを浮かべつつ、ため息をついた。

七瀬が巫女をやってもいいと伝えたのは一昨日の朝。おじさんとおばさんは、四年前にケンカしたふたりがやっと仲直りしたんだ、と喜んでくれた。

恵太を許したわけじゃない。でも、東京に彼女がいたとしても、もう別れたはずだ。そうでなければ七瀬にあんなキスをして、抱こうとしたりはしないだろう。春になれば恵太は帰ってくる。もう一度、最初からやり直せたら……。

「おばさん、ごめんね。何も知らなくて、おじさんが入院したことも」

「いいのよ、気にしないで。どうせ恵太が黙ってたんでしょうから。でも、これからは仲よくね」

七瀬は小さくうなずいた。

だがその直後、宏美の祖父がとんでもないことを言い始めた。

「だったら宏美ちゃん、神主さんの嫁さんにしてもらうか?」

当の宏美は「えーやだー、でもなりたーい」とやけに嬉しそうだ。

七瀬は羨ましい気持ちで彼女を見ていた。素直に自分から『付き合いたい』と言えばよかったのかもしれない。

（そしたら、恵太くんも……）

だが、七瀬の淡い期待はあっという間に砕け散る。

恵太の父は嬉しそうに狩衣姿の息子の肩を叩き言った。

「悪いな、奥西さん。コイツの嫁さんはもう決まってるんだ」


気がつくと七瀬は恵太の家の玄関にいた。

あまりのショックに「おばさん、ちょっとトイレ」そう言って社務所から逃げ出した。

玄関の上がり口にペタンと座り込み、手で顔を押さえた瞬間、涙が吹き出してくる。

(ヨメサン……ナニ……ソレ)

四年前の初体験はともかく、七瀬にあんなキスをしてからたった一週間。下着の上から
とはいえ、親密な場所まで散々触りながら……。恵太には結婚を決めた女性がいた。彼の
両親もすでに了解済みらしい。

(酷いよ……あんまりじゃない。やっと忘れかけてたのに、また、こんな)

七瀬が膝の上に顔を伏せ、泣き崩れたとき、ガラッと音がして玄関の引き戸が開いた。

(ど、どうしよう……おじさんやおばさんに、なんて言い訳したら)

そんな七瀬の予想を裏切る声が耳に届く。

「北村、どうしたんだ⁉　おまえ……泣いてるのか？」

恵太だった。それも心底驚いた様子である。自分がどれほど卑劣なことをしているのか、彼は気づいていないのだ。七瀬はそのことにもショックを受けた。

「……俺のせいか？　嫁さんとか、親父に話してたから」

「そうよっ！　最っ低！」

「わかってるよ。大学を卒業してから話すつもりだった。でも去年、親父が妙に弱気になってて。だから話したんだ。こっちに戻ってきたら、すぐに結婚するって」

すぐに結婚――その言葉は七瀬の怒りに火を点《つ》けた。恵太の袖《そで》を摑み、

「じゃあどうして？　どうしてあたしにキスしたのっ⁉」

「いいじゃないか、別にキスくらい」

「よくないっ！　期待……したんだから。あたし……あたし、ずっと恵太くんのこと」

七瀬は泣きながら長い間の想いを告白する。

〝好き〟の言葉を伝える寸前、すくい上げるように恵太の唇が七瀬の唇を捉《つか》まえた。七瀬はプライドを総動員して恵太を突き放し、思い切り彼の頰を叩いた。思いのほか激しい音

がして……烏帽子がはずれ玄関の土間に転がる。

恵太は落ちかけた眼鏡を直しつつ、憮然《ぶぜん》として七瀬を見た。

「な、んだよ……なんでキスがダメなんだ？」

「当たり前じゃない。結婚するのに！」

「結婚するまで全部お預けなのか？　勘弁してくれよ。いったい、何をそんなに怒ってるんだ⁉」

「だって……結婚、するんでしょ？」

「ああ、そう言っただろう？　四年前に」

恵太の言葉に七瀬は五秒ほど呼吸を忘れた。

「もう、巫女はやらなくていいって。北村だって納得してただろう？」

頭の中が真っ白になる。七瀬は必死に言葉を探して尋ねた。

「だって、巫女ってバージンじゃないとダメなんでしょう？　だから、あたしにはもうできないってことなんじゃ」

恵太は眼鏡の奥の目を丸くして絶句している。

「おじさんにも言うなって、それって知られたら困るってことで」

「おまえはいつの時代の人間だよ！　巫女の採用条件は未婚女性に決まってるだろう!?　俺が戻ったら次の正月までに結婚するつもりだったから——。親父に言うなって言ったのは……俺もいないのに、周りから冷やかされるのは嫌だろうと思っただけだ！」

無口なはずの恵太が突如まくし立てる。しかも言い足りなかったのか、軽く七瀬を睨《にら》み、

「だから、俺を無視したのか？　お袋に聞いても、全然顔を見せなくなった。何やったんだって叱られるし」

「だって、一度も帰って来ないから……」

「うちの家計は、それほど楽じゃないんだ。向こうでは神社に住み込んで奉仕しながら勉強してる。それに……すぐに嫁さんもらうんだから、早く一人前になろうって」

神社の大きな行事は日程が重なるものだ。しかも、見習い神主の覚えることは山のようにある。戻って来られないのは恵太のせいではなかった。

「俺の言ってること間違ってるか？」

七瀬は彼の気迫に押され、首をぶんぶん振る。

「でも……電話くらい」

「家にかけても出なかったのは誰だ？　俺は携帯番号も知らない。だから、こっちの連絡

先を何度もハガキで送ったのに」

言い返す言葉もなく七瀬は「……ごめんなさい」と呟《つぶや》いた。

騙《だま》された、遊ばれたと思ったのだ。だから、言い訳なんて聞いてやるものか、と意地になっていた。

しかし、それならそれで、一度も聞いていない言葉がある。

「でもっ！　あたし、一度も好きって言われてないんだけど」

恵太は眼鏡を中指で押し上げながら、

「俺は惚れた女しか抱かない。おまえだってそうだろう？　俺のことが好きなんだって、そう思ったから……違うのか？」

「……違わない……」

そう答えた直後、再び、少し冷たい唇が七瀬に押し当てられた。

☆　☆　☆

「だ、だから、そこは違うんだって！」

初めて入る恵太の部屋――神主姿のまま押さえ込まれ、いざ、というそのとき、七瀬はどこかで聞いたような言葉を口にしていた。

ずっとそばにいたのに、なかなか距離を縮めることができなかった。一気に近づいたことでぶつかり合い、四年も離れてしまったなんて。ふたりとも不器用にもほどがある。

玄関でキスを続けるうち、恵太はどうにも我慢できなくなったらしい。七瀬を抱き上げ、転びそうになりながらも階段を駆け上がり、二階にある自分の部屋に飛び込んだ。恵太は、三十分ほど休憩をもらってきたから大丈夫だ、と言うが……。ふいにおばさんが戻ってきたらと思うと、七瀬は不安でならない。

それでも、彼が眼鏡をはずし、強くキスしてきたら抵抗なんてできない。なんと言っても、七瀬自身が彼に求められるのを待ちわびていたのだから。

三十分は長いようで短い。狩衣や袴一式を脱いでしまったら、着替えるだけでそれくらい時間がかかってしまう。

『やっぱりムリじゃない？』

そう言った七瀬に、恵太は『このましていいか？』と言い出したのだ。

なんでも男性用の袴には通称〝非常口〟が付いているという。無論、そういった目的のために付けられたものではないが、取り出しは簡単にできる。

七瀬の返事を待たず、真っ白い狩衣の裾から猛々《たけだけ》しい男性の象徴が姿を見せた。ソレを目にした瞬間、七瀬は店内でイカされたときのことを思い出す。巫女袴の奥は充分に潤い、恵太を欲しがっていた――。


「仕方ないだろう……おまえのココが、ヌルヌル過ぎて滑るんだよ」

「なんでそんなこと言うのよ、バカッ！」

まだ外は明るいのでお互いの顔がしっかり見える。真顔でいやらしい言葉を口にする恵太に、七瀬は真っ赤になって怒った。

「だったら、おまえも手伝え」

どんな協力をしろと言うのだろう。七瀬が首を傾げていると、彼に手を取られた。そのまま引っ張られ、ヌメリのある熱い塊が七瀬の指に当たった。

「やっ……ソ、ソレって」

「別の穴に挿れられたくなかったら、場所を教えろよ」

「あ、あなって……。ヤッたことあるくせに、なんで今さら」

「四年前の一度きりの経験なんて覚えてるわけないだろう。あのときは……夢中だったし」

眼鏡をはずした恵太は少し頼りなげに見える。

七瀬は勇気を振り絞り、焼け付くように熱いペニスを手にした。激しく脈打つ感覚が手の平に伝わる。

「――クッ！」

恵太の口から快感に耐える声が漏れた。それはほんの少し前、朗々たる声色を響かせ、本殿で祝詞を上げていた彼と同一人物とは思えない。

七瀬はゆっくりと、先走り液で湿った先端を蜜のとば口に押し当てる。触れた瞬間、恵太の息は荒くなり、真冬だというのに、首筋に汗が伝った。

（なんか……可愛い）

プロポーズされた心の余裕だろうか。今の七瀬は恵太のすべてが愛しく思える。

だが、恵太は眉間《みけん》にシワを寄せ、彼女を睨んでいた
「おまえ、彼氏がどうとか言ってたよな。まさか……他の男とヤッたのか!?」

「するわけないじゃない。彼氏なんて……嘘だし。恵太くんは？　四年間もひとりで……あっ、んんっ！」

七瀬の返事を最後まで聞く前に、恵太は彼女の腰を摑み、猛りを中に押し込んできた。ゆっくりと、それでいて力強く、彼は抽送を開始する。

四年ぶりで二回目……七瀬の中はいっぱいに詰まり、膣襞を激しく上下に擦り上げられた。ついには身体を支え切れなくなり、恵太のほうに倒れ込む。恵太の腕にしっかりと抱き留められ、七瀬は心も身体も幸福感で満たされていく。

「恵太……恵太……好き」

学習机に腰を少しだけかけ、恵太に抱かれながら七瀬はうわごとのように口走る。

「ああ、知ってる」

「んもう、バカッ！　そういうときは、俺も好きだよって言ってよ！」

恵太を体内に感じたまま、狩衣の襟元を摑んで言う。しかし、七瀬より恵太は余裕がないらしく。

「うるさい口だな」

彼女の唇を嚙みつくように奪い――ふたりは溶け合うように昇りつめたのだった。

「たまにはさ……巫女の格好もいいんじゃないか？」

下着すら脱がずに抱き合った恵太は先に身支度を整え、七瀬に声をかける。

「ええっ⁉」

プロポーズを撤回されたような衝撃を受けるが……どうやら意味が違うらしい。

「北村は、あんまり女っぽい格好ってしないだろう？　そんなおまえの巫女姿はけっこうそそる」

「そ、そそるって。何言ってるのよ、エロ神主！」

「そういうおまえだって、俺の白袴に欲情してたくせに」

「してないっ」

「ホントに？」

眼鏡をかけながら、恵太が思わせぶりにこちらを見ている。

「……そりゃ、ちょっとは……」

七瀬は意地っ張りだが根は正直なのだ。少し迫られたら、ついつい白状してしまう。しかも、相手が恵太であれば尚《なお》のこと。

（これって勝ったの？　それともあたしの負け？）

結局、『好き』って言ったのは七瀬だけ。恵太は相変わらず『北村』と呼び続けている。

「おい、先に行くぞ」

そう言って返事も待たず、恵太はスタスタと廊下に出て行く。

七瀬はとくに伝える気もなく、口の中で……「一度も好きって言ってくれないし、恵太くんてホント冷たいよね」と愚痴ってみる。

直後——恵太は立ち止まった。

「七瀬、おまえを愛してる。だから……『くん』付けはやめろ」

思い切り照れた恵太の横顔に、七瀬の頬も火照ってくる。

「待って、恵太！　あたしも一緒に行く！」

長い冬を抜けて、ふたりの春はすぐそこまで来ていた——。

もっと☆いけない神主さま

『十八日が卒業式。そっちに戻るのは三十日』

三月半ば、そんなメールが七瀬の携帯に届いた。送信元は恵太の携帯。

（なんで卒業式から十日以上も向こうに残るのよっ）

七瀬は携帯に向かってそう叫びたかった。


正月に帰郷した恵太と、ようやくふたりは気持ちを通い合わせた。四年前の彼との初体験が、〝最悪〟から〝嬉しい〟思い出に変わる。

なんと言っても、照れ屋で口数の少ない恵太が『愛してる』と言ってくれたのだ。恵太が東京に戻るとき、七瀬は最高に幸せな気分で彼を見送った。

それから二ヶ月あまり。覚悟はしていたものの、電話は週に一回、メールも七瀬が送れば返信してくる程度。しかも、スクロールすら必要ない短いメールに泣きたくなる。

大学の卒業式が十八日ということは知っていた。なのに、いつ戻ってくるのかまったく連絡がないので、七瀬からメールを送った返事がこれだった。


「本当にごめんなさいね、七ちゃん。どうしてちゃんと説明しておかないのかしらねぇ」

メールの返事を受け取った次の日、七瀬は恵太の母にそのことを話した。恵太のことだ、親にも話してないかもしれない。そう思ったからだったが……。

「じゃあ、お世話になった神社に頼まれて、月末まで残ることになったんだ」

「あの子は、自分が言わなくても誰かに聞くだろう、なんて平気で思ってるようなところがあるのよねぇ。おばさんからもちゃんと言っておくから、怒らないでやってね」

七瀬も恵太もひとりっ子。結婚には反対されるかも、と思ったがとくに何も言われなかった。

それどころか、恵太の両親は大喜びしてくれている。恵太から結婚の約束をした、と聞いていたものの、一方の七瀬はまったく神社に近寄らなくなったので心配していたらしい。

恵太は、七瀬の母に挨拶するのは大学を卒業してから、と両親にも話していた。息子のことを考え、それ以前に親がしゃしゃり出ては上手くいくものも駄目になる、と気遣って黙っていたという。

だが結局、恵太が七瀬の母に結婚の挨拶をしたのも正月。東京に帰る当日の朝のことだった。

その日の朝早く、ふたりはいつもどおり、道路を挟んで顔を合わせた。

七瀬は高校生のころとほとんど同じ、シンプルなセーターとジーンズ姿。恵太も同じく、新年の祈禱をしたときのような浅葱色の袴ではなく、見習い神主の白袴だった。

恋人同士がまたしばらく離れるのだ。もう少し甘いムードが漂うのかと思いきや、恵太は黙々と門前を掃き清めている。

まさか、七瀬のほうから近づき、離れるのが寂しい……なんて言えるわけがない。

だがそのとき、掃除を終えて恵太のほうが小走りに道路を渡ってきた。

「めちゃくちゃ寒い。店ん中、暖房入ってる？　ちょっと暖めて行かせてくれ。本殿は外より寒いんだ」

朝拝《ちょうはい》といって、神主は毎朝本殿で祈禱をする。これまでは恵太の父がやっていたが、今回の帰省中は恵太がやることになっていた。朝拝が始まると、七瀬は神社の参道を通り抜け本殿にこっそりと近づく。すると、恵太の上げる祝詞が聞こえてくる。かなり寒いのだが、七瀬にとっては胸が温かくなる時間だった。

そんな七瀬の乙女心を知ってか知らずか、恵太は「どうぞ」と言われもしないのにカウンターに座っている。

しかも、「なあ、北村の淹れたコーヒーを飲みたいんだけど」そんなことを言い始めた。

(なんであたしが!?)

これまでならそう答えたと思う。

でも、結婚を約束して……この数日間、親の目を盗んでは何度か身体を重ねた。そんな仲になってしまうと、どうも強気で言い返せない。

「一杯……だけだからね」

小さめの声でブツブツ言いながら、七瀬はコーヒーをドリップして恵太に差し出した。

朝の六時過ぎ、本当を言えばこんな早くから用意をする必要はない。ただ、袴姿で掃除をする恵太に会いたくて、高校三年間早起きをしたことがクセになっている。恵太がいない間も、フラれたんだから諦めようと思いつつ、ずっと続けてきた習慣だ。

七瀬は感慨深いものがあり、じっと恵太を見つめていた。

「ごちそーさん」

ボソッと呟き、恵太はすぐさま背中を向ける。

（こういう奴なのよね……見た目はいいんだけどなぁ）

「はいはい。今度はお金をいただきますから」

ちょっと突き放すような声で七瀬が答えたとき、ふいに恵太は回れ右をして引き返してきた。

「え？　あ……別に本気じゃないわよ」

そう答えた瞬間、恵太は七瀬の手首を掴み、引き寄せ、唇を重ねていた。

「クソッ！　このまま帰ろうと思ったのに。おまえがあんな目で見るから……」

恵太の手が胸に触れた。始めはゆっくりと、しだいに激しく揉みしだくように。七瀬は恵太の名前を呼び、彼に抱きつく。すると七瀬の耳のそばで、聞こえるか聞こえないかくらいの掠れた声で言った。

「東京に、七瀬を連れて行きたい」

普段は相変わらず『北村』と呼ぶくせに、こういうときだけ名前で呼ぶのだ。

「あたしも……恵太と一緒に行きたい」

そういう七瀬自身も人前では昔と同じように『恵太くん』と呼んでしまう。似た者同士、お互い様と言うべきかもしれない。

七瀬がそんなことを考えている間に、恵太はキスと触れ合いだけでは我慢できなくなったようだ。ジーンズのファスナーに手をかけてきた。

「ダ、ダメ……これ以上は、上にお母さんがいるから」

「我慢しろって？　なんか……ムリ」

恵太は耳元で喘ぐような声で言う。

母が起きる前に終わらせてしまえば、七瀬が恵太の情熱に押し切られそうになったとき――。

コンコン、と店と住居部分の間のドアがノックされた。

「いい加減になさい。お店でそんなこと……母さん許しませんよ！」

顔を見合わせ、青ざめるふたりだった。

十分後、店のテーブル席に恵太と母は向かい合って座った。

「七瀬が恵太くんを好きなのは知っていたけど、あなたたちが付き合っていたのは知らなかったわ」

少し怒ったように言う母に、恵太は四年前から付き合いがあること、そして結婚の意志を告げた。

「仕事は神主を継ぐと決めてます。神主の収入が多いか、と聞かれたら……そんなに多くはありません。でも、一生懸命に頑張って七瀬……さんを幸せにしたいと思ってます。どうか結婚を許してください！」

そんなにハッキリ言ってくれるとは思ってもいなかった。

恵太は七瀬を押し倒すときと同じ勢いで頭を下げる。恵太の両親にはすでに話しており、許しはもらっていると聞くと、母も渋々許してくれたのだった。

あの日、恵太が東京に帰ったあと、親たちの間でいろいろ話し合いがあった。

恵太の父は六十代半ばで体調も今ひとつ、昨夏は入院したくらいだ。恵太は家に戻りしだい、父から正式に宮司の仕事を引き継ぐことが決まっていた。仕事の内容からいっても、町内会や氏子の人たちに交代を報告しなければならない。それと同時に、恵太と七瀬の結婚も伝えよう、という話になった。

ところが、母はなぜかあまり嬉しそうではない。

恵太が市内でも優秀な進学校を卒業していて、大学を出ていることが気に入らないようだ。向こうの親戚の人たちも大卒の人が多いと聞く。それに宮司の妻ともなれば、町内会だけでなく、老人会・婦人会・子供会など町内のあらゆる団体と親しく付き合っていかなければならない。

ひとり親で喫茶店……言い方を変えれば水商売をしている家の娘だと裏で悪く言われるのではないか。せめて大学でも卒業していてくれたら。母はそんなことを心配していた。

七瀬にすれば、取り越し苦労としか思えない。

おそらく母は、自分が夫の両親から言われたことに、今でも傷ついているのだ。

そんな母の前で、恵太に対する不満など口にできるはずがない。どうせ結婚したらずっと一緒なのだ。結婚前の自由時間だと思えばいい。そんなふうに考え、七瀬は自分を納得させた。

ただ、誰にも見せない手帳のカレンダー、三月三十日に赤で丸をしてある。それまでの日付は、ため息と共にこっそりバツを付けていく七瀬だった。

☆　☆　☆

待ちに待った三月三十日。七瀬は朝から落ちつかない。

恵太がO市の駅に着くのはちょうど昼ごろ。昼が近づくにつれソワソワする七瀬に、母は呆れた顔で言った。

「今日のランチは母さんひとりで大丈夫だから、恵太くんを迎えに行ってきなさい。でも、寄り道せずに帰ってくるのよ」

途中でふたりきりになれるような場所に行くな、とでも言わんばかりだ。それがどんな場所を意味するのか七瀬も気づき、恥ずかしくなる。だが、このままでは仕事になりそうもない。思い切って母の言葉に甘え、恵太を迎えに行くことにした。

念のため、と恵太の母にも時間を確認して、七瀬は浮き足立つ心を抑えながら、母と共同で使う軽自動車を運転して駅に向かった。

正月に送ってきたとき、西口のロータリーで車を停めた。七瀬は同じ場所に車を停め、恵太に電話をかける。時間ぴったりに新幹線が到着すれば、ちょうどホームに降り立ったくらいだろう。迎えにきてるから西口側に出てきて——短くそう告げるつもりだった。

「あ、もしもし、恵太くん？　えっとね、車で迎えに」

『北村か？　いや、迎えはいいよ。このまま神社庁のほうに行く用事があるんだ』

「え……でも」

『悪い、忙しいから切る。あとでな』

実に三週間ぶりの恋人同士の語らいなのに、通話時間が十秒もないなんて信じられない。

七瀬は携帯を握る手に力を込めた。

（なんか……あたしってホントに愛されてるの？）

不安というより、七瀬の気持ちは怒り一色だ。

（あっちから謝ってくるまで絶対に許さない！　エッチもなしなんだからっ！）

そう思ってエンジンをかけたそのとき、恵太の姿が目に入った。

西口から出てきて、すぐ前のタクシー乗り場に向かう。問題はその横に立つ女性だった。

スラリとして背が高く、スーツの似合う大人の女性だ。髪はショートだが襟足だけ長めにカットしている。年齢は二十代半ばから後半くらいか。肩に小さなバッグをかけているだけだ、と思ったら、なんと恵太が荷物を持ってやっているらしい。彼女から先にタクシーに乗り、続けて恵太も乗り込んだ。

そのまま、タクシーが走り去るまで、身動きのできない七瀬だった。

「じゃあ、一緒に帰ってこなかったの？」

「ん、神社庁に行く用があるんだって」

本当に寄り道もせずに帰ってきた七瀬に母は不審げだ。

「だったら……そこまで送って行って、待ってればよかったじゃない」

まさか、恵太の横には綺麗な女性がいて、自分は電話で追い払われたなんて言えない。

「早く帰って来いって言ったのはお母さんじゃない」

母は呆れ返った様子で首を振り、ランチの後片付けを七瀬に任せて店の奥に入ってしまう。

ひとりになった七瀬は無心で皿を洗った。何も考えない、考えない、そんなことをブツブツ口の中で唱えながら。

もう三時を回った。それでも恵太が帰ってきた様子はない。もちろん、ガラス越しに道路を見ているだけなので、見逃している可能性はある。

（女連れで神社庁？　バカにするんじゃないわよっ）

ついつい力が入り、思わず皿を割ってしまいそうだ。考えない、と思っていてもふと気づけば考えていた。

めでたく大学を卒業して実家に帰ってくるのに、女連れなんてありえない。それではまるで恋人……いや、結婚相手を親に紹介するみたいだ。

恵太はたしかに七瀬と結婚する、と言った。双方の親にまで話をして、内々だがすでに婚約は調《ととの》っている。ただ、神社庁の理事や、氏子総代、町内会長などこれから世話になる人に話をしてから、と言われているため、学生時代の友人たちは誰もふたりの仲を知らない。

つい先日、店にきた中学時代のクラスメートにも、

『神社の恵太くんカッコよくなってたね』

『お正月でしょ？　見た見た。神主の格好ってなんか萌《も》えちゃう』

『春から恵太くんが正式な宮司になるんだってさ。厄払いしてもらおうかなぁ。ねえ、七ちゃんなんか聞いてる？』

彼女たちの質問に、実は……と話したかったが、七瀬は曖昧に笑い、『ううん』と小さく首を振った。

(言わなくてよかった。もし、なかったことに、なんてなったらいい笑い者じゃない)

そんなふうに思いつつ、入り口のドアが開き、恵太が入って来るのを待つ自分がいた。でもいくら待っても恵太は入って来ず……。

結局、神社の門前にタクシーが停まったのは、夜の八時過ぎ。しかも、昼間見かけた女性も一緒に降り立ち、神社の境内に消えて行った。

七瀬はその様子を、店の二階にある自分の部屋から見ていた。

☆　☆　☆

コンコン、コンコン、とガラスのドアが叩かれたとき、七瀬は店内の掃除をしていた。

ドアの前に立ち、ブラインドをスルスルと上げる。そこに、恵太が立っていた。珍しくちょっとはにかんだような笑顔だ。「入れてくれ」とガラス越しに聞こえる。

夜十時、いつもなら七瀬はすでにお風呂に入り、二階の部屋にいる時間だ。今夜は、友人が小料理屋をオープンするとかで、母は店を九時に閉めるなり、お客を連れて開店祝いに行ってしまった。

どうせじっとしていても、恵太と女性のことが気になって落ちつかない。ちょうどよかったと思いつつ、七瀬はひとりで後片付けをしていた。

ドアの鍵を開けると恵太が中に入ってきた。

「よかった。おばさんじゃなくて、北村がいてくれて」

そんな言葉に七瀬はドキッとする。

(それって、お母さんがいたら困るってこと？　やっぱり……)

何を言ったらいいのかわからない。なんて尋ねたらいいのかも。七瀬が背中を向けていろいろ考えていると、ふいに恵太が抱きついてきた。

「お袋に聞いた。ごめん、駅まで車で迎えにきてくれてたんだって？　俺、家からだと思ってて」

恵太の身体が熱い。吐く息から漂ってきたのはお酒の匂いだった。

「ちょっと、恵太くん飲んでるの？」

「ああ、ちょっとだけ。神社庁の岡部さんに卒業祝いって連れて行かれて……。去年の夏も世話になったから、断れなくて一杯だけ飲んできた」

岡部は神社庁の理事で、県内にある同じ八幡神社で宮司を務めている。昨夏、恵太の父が倒れたとき、代わりに祭祀《さいし》を行ってくれた人だ。

だが、女性連れで神社庁に行くなんてありえない。七瀬が見たのは人違いなどではなかった。その証拠にタクシーから降りたとき、あの女性も一緒だった。

それを思い出した瞬間、七瀬は頭に血が上り、恵太を振り払っていた。

「嘘つき！　お、女の人と一緒だったくせに。あの人と飲んでたんでしょう？　それを岡部さんだなんて……」

いきなり七瀬が怒り始めたので、恵太は目を丸くしている。

短気を起こして叫ぶべきじゃない。落ちついて、男の言い分を聞くとか。何も言わずに黙って浮気を見逃せば、男は帰ってくる、とか。そんな考えは浮かぶのだが、どれも今の七瀬にできる芸当ではなかった。

「エッチしたかったから、結婚なんて言ったの？　恵太くんてそういう人だったの？　信じてたのに……本気で結婚なんて、思ってたあたしがバカみたいっ！」

奥歯を噛み締め、七瀬は涙を我慢した。ギュッと唇を引き結び、恵太の顔を睨む。

すると、恵太は大きく息を吐き、眼鏡をはずしてカウンターの上に置いた。

「おまえ、真剣にそう思ってんのか？　俺がエッチ目当てで結婚なんて口走ったって」

「そ、それは……」

思っていない。だからショックだったのだ。連絡がなくても、優しい言葉がなくても、恵太は誠実な男性だ、と。そう信じていた、だから――。

「で、浮気相手を堂々と実家まで連れてきて、親に紹介するマヌケとか？」

七瀬は返事に詰まった。

清く正しくを重んじるのが神職にある者の務めだ、と恵太の父は常々言っている。それを、婚約者がいながら女性を連れて帰ったりしたら、とんでもないことになるだろう。

「北村ってさ、いくつになっても単純で思い込みが激しいよな。普通、聞くだろう？　あの人誰って」

「神社庁がどうとか、恵太くんが嘘をつくから……」

短い髪をがしがし掻きながら、恵太は呆れたように言う。

「俺が世話になった神社のひとり娘なんだよ。ちなみに同じ大学出てる三つ上の先輩。女性の神職として働いてる。彼女も俺と同じで、今度正式に実家の神社を継ぐことに決まったから、その挨拶に来たんだ」

「じゃあ、なんでもないの？」

「あったら怖くて連れて来れるかよ」

七瀬から視線をそらしつつ、恵太は答える。その横顔はこれまで見たことがないくらい照れた様子だった。

そんな恵太の首に抱きつく。

「あ、会いたかったんだからねっ」

七瀬にしたら精いっぱいだ。恵太もそれがわかったのか、「俺も……」短く言うと、力を込めて七瀬の腰を抱き締めた。まだ何もしていないのに、ジーンズの前が硬くなっている。

「恵太くんがすぐこうなるから、身体目当てとか思うんじゃない！」

「しょうがないだろう。おまえにだけはこうなるんだ。ふたりきりだって思ったら、条件反射で勃《た》つんだよ」

恵太にすれば正直な告白だと思う。だが七瀬にとっては、すべてを許してしまえるような誘惑のセリフ。

「明日、夜の営業は臨時休業って言ってたから……今夜はお母さん遅いと思う……」

その言葉に、恵太の目の色が変わった。


片づけもそこそこにふたりは二階に上がる。七瀬の部屋は六畳の和室だ。中学生のときから使っているシングルベッドに、恵太ともつれるように抱き合い倒れ込んだ。

ドシンと意外に大きな音がして、ふたりは顔を見合わせた。なんとなく気恥ずかしくて、視線を忙《せわ》しなく動かしながら、ふたりとも小さな声で笑う。

恵太は七瀬を押し倒した格好のまま、トレーナーを脱いで上半身裸になった。続けて、ジーンズのボタンをはずそうとするが、固いのか少し苦戦している。

そこに七瀬はそっと手を添えた。

指先でボタンをはずし、ファスナーをゆっくりと下ろしていく。途中で硬いものに引っかかり、七瀬は手で押さえながら引き下ろした。

「なんか、大胆……」

喘ぐように言ったかと思うと、急に恵太は七瀬の手首を摑んだ。

「おまえさ、他の男で練習とかしてないだろうな!?」

血相を変えて噛みつくように言う。

「そんな相手がいたら、さっきみたいなバカな誤解をして、喚《わめ》くようなことしないわよ」

七瀬は長い髪を後ろにやりながら、頬を染めて正直に話した。

「苦しそうだし、酔ってるせいかボタンもはずせないみたいだから、脱がせてあげただけじゃない」

「そのまま、口で……とか？」

「しないわよっ！　ヘンタイ神主！」

「ああ、そうか。七瀬って袴のほうがいいんだよな。今度は着て来るから……してくれる？」

酔ってるといってもほろ酔い加減のようだ。その割に発言がいやらしくて、七瀬を閉口させた。少しすると、恵太自身もそれに気づいたらしい。

「ごめん、冗談抜きで溜《た》まってる。たぶん、中に挿れたら一発目は三十秒も持たない」

恵太の息が荒い。

七瀬は「いいよ」と呟き、自分からジーンズとショーツをまとめて膝まで下ろした。

「きゃっ！」

その瞬間、七瀬はクルッと身体を回され、ベッドの上に膝を立てたまま、うつぶせにさせられた。ヒップを突き出すその格好が、恥ずかしくてどうしようもない。無防備な場所を恵太の指が忙しなく往復する。あっという間にその場所から甘い蜜が滴り始め……七瀬は快楽の渦に溺《おぼ》れまいと必死でシーツを摑んだ。そこに容赦なく熱い楔《くさび》が打ち込まれる。

これで初体験を合わせて六回目。さすがにお目当ての場所を見つけられず、迷うことはなくなった。しかも初めてバックから挿入されたせいか、正月のときより深い部分に恵太を感じる。

（やだ……今日は、前より大きい？）

本人が溜まっているというだけあり、恵太のアレは今にもはち切れそうだ。

「久しぶりのせいかな……おまえの中、めちゃくちゃきつい。七瀬は気持ちいいか？」

ゆったりと腰を動かしながら、恵太は低く掠れる声で尋ねる。

（あ、最初のときに聞いたのと同じ声……）

恵太がどうしようもなく欲情したときに零《こぼ》れる声だと、七瀬は気づいていた。

「ん……気持ちいい。恵太の好きに動いていいよ」

「バカ、おまえそんなこと言ったら――」

言い終える前に恵太の手が腰を摑んだ。そのまま、激しく打ちつける。ほんの数回、すぐに恵太の溜まった熱が七瀬の中で荒れ狂った。

力が抜けて恵太は覆いかぶさるように抱きつく。ふたりは重なったまま狭いベッドに転がった。

「悪い……やっぱり持たなかった」

心底落ち込んだ声に、七瀬は思わず噴き出してしまう。

「おまえ、そこで笑うか？」

「だって、ホントに悔しそうなんだもん」

「悔しいよ。おまえは全然なのに、俺だけ……なんて」

「よかったよ。あたしは、恵太に抱かれてるだけで幸せだから。恵太が浮気してなくてよかった。信じてたけど……あたし可愛くないから、フラれたのかもって」

腰に回されたままの恵太の大きな手を擦りながら、七瀬はおずおずと言う。

（恵太、笑い出すかな？　おまえらしくない、とか言って）

不安でじっとしていると、恵太はさらに力を入れて七瀬を抱き締めた。

「七瀬は可愛いよ。中学のとき、必死にお百度踏んでるのを見て好きになった。三年の男子に告白するって聞いて、すごく悔しかった。見たのは偶然だけど……受け取るなって俺が神様に願ったんだ」

「え？　嘘っ⁉」

抱かれたまま振り返ろうとすると、真横に恵太の顔があった。

「ホント。だから、おまえがフラれたのはうちの神社のご利益がないんじゃなくて、俺の願いを神様が聞き届けてくれたせい、かな」

初めて聞いた事実に七瀬は怒るが、

「もう時効だ。第一、そのおかげで、こうなったんだから」

などとあっさり言い切る。

「もう……神主のくせに、ずるくてエッチなんだから」

「でも惚れてるんだろう？　女と一緒にいただけで、あの怒りようだもんな」

元はと言えば恵太が、最初にお世話になった神社の女性神職の人も一緒だ、と言わなかったせいだ。電話を一本、いやメールでも構わない。連絡さえあればこの半日、苛々して過ごさなくて済んだのに。

だが、七瀬の嫉妬を喜んでいるような恵太の顔を見て、ホッとしている自分もいる。

そのとき、七瀬は下半身の違和感に気がついた。

「やだ、ちょっと恵太……まだ、中にいる？」

恵太の手はせっせと七瀬のシャツのボタンをはずし、上を脱がせにかかっている。身体ごと振り返ろうにも、ジーンズが膝で止まり脚が開かない。しかもその上から恵太の脚で押さえられているのだ。

そうこうしていると中にいた恵太の充実感が増し、柔らかくほぐれたその場所を内側から押し広げた。

「や……あ、ん」

「言っただろ。四年間、我慢してきたのを正月に解放したから……今、ちょっとヤバイんだ」

七瀬はあっという間に残りの服を脱がされた。そして母の帰宅を気にしながらも、蕩《とろ》けるような甘い夜を過ごしたのである。

ふふ……ふふふ……と自然に笑みが零れてくる。

モーニングセットを食べに来た常連客から、「七ちゃん、朝から不気味な笑い方しないでよ」なんて言われてしまうくらいに。

☆　☆　☆

昨夜遅く、恵太は実家に帰って行った。それも母の帰宅後のこと。

母はかなりご機嫌な状態で帰宅した。そのおかげで七瀬は部屋に恵太を隠したまま、母に肩を貸して部屋まで連れて行き、寝かせてから見送ることができたのだ。

『じゃあな。明日の朝、寝坊すんなよ』

そんな色気も何もない別れの言葉を口にして、恵太は笑いながら小走りで道路を横切った。

(今までいろいろしてたんだから、お休みのキスくらいしろっていうのよ、朴念仁《ぼくねんじん》！)

心の中ではもう一度抱き締めてキスして欲しい、なんて思いつつ、

『そっちもね。代わりに掃除なんかして上げないからねっ』

夜中ということもあり、七瀬は声にならない声で叫んだ。恵太はチラッと振り返り、肩越しに手を振って駆け足で鳥居をくぐって行く。街灯に照らされた横顔が笑って見えたから、おそらく聞こえたのだろう。

ふと、春の匂いを感じ、七瀬は神社の横にある大きな公園に目を向けた。桜の木が公園をぐるりと囲んでいる。昼間に見たときは、今にも綻《ほころ》びそうなピンク色の蕾《つぼみ》で一杯だった。

(今年は一緒にお花見ができるよね)

ワクワクした気持ちで恵太の背中を見送る。そんな七瀬の肌を優しい夜風が撫でていった。


「なーなちゃん！　私もモーニングもらえるかな？」

「あ、いらっしゃいませ。おはようございます、佐久田先生」

昨夜のことを思い出すたび、ボーッとして仕事にならない。七瀬は自分に活を入れるつもりで、ペチペチと頬を叩いた。

「昨日はソワソワ、今日はぼんやりか。七ちゃんは一目瞭然だな」

佐久田は何もかも知っているような笑顔で七瀬を見ている。

「ち、違いますよ。別に……あたしは恵太くんのことなんか」

「おいおい、自分から白状してどうするんだい？」

「え？　あ、いえ……だからっ」

近くにいた他の常連客まで、佐久田の言葉に反応する。

「なんだ、七ちゃんは神社の恵太に惚れてたのか？」

「い、いえ、あの、それは」

しどろもどろになる七瀬に、その常連客は信じられないことを言った。

「そいつはちょっと遅かったな。恵太の野郎、生意気にも東京から嫁さん連れて帰ってきたらしいぞ」

その言葉に七瀬はドキッとしたが、恵太に聞いていたとおり、すぐに誤解だと説明した。

ところが……。

「そんなことはないって。だって、ここに来る前、若い娘さんが神主姿で門前を掃いてるから聞いたんだ。東京でいい仲になって、田舎に帰る恵太について来たって。本人が言ってたんだから間違いないよ」

前夜の疲れか、この日の朝、七瀬は寝過ごした。

いつもの時間から三十分も遅れて掃除を始めたのだ。神社の門前に恵太の姿はなく、すでに掃き清められたあとだった。

（絶対にあとでバカにされそう……）

七瀬はそれを考えると、恥ずかしさと悔しさでがっくりと落ち込む。

彼女が掃除をしているとき、朝拝の声が聞こえた気がした。どことなく違和感を覚えたが、七瀬はとくに、気にも留めなかった。

だが常連客の話によると、今朝、門前の掃除をしていたのは浅葱色の袴を穿いた神主姿の女性だったという。恵太の婚約者だと公言し、朝拝もその女性が務めていた、と聞かされた。

モーニングの時間帯が終わり、次はランチタイムだった。

母は二日酔いで出られないため、メニューは日替わりランチのみでオープンする。あれもこれもと受けていたら、ひとりではとても対応し切れない。客はみんな昼休憩の短い時間に集中するのだ。のんびりしていては怒らせて評判を落としてしまう。ランチタイムは時間との勝負だった。

恵太のことは気になる。だが、帰るなり七瀬のもとに駆けつけてくれた。何時間も一緒に過ごして、帰ったのは午前一時を回っていた。本当に特別な女性を連れて帰ったのだとしたら、放り出して七瀬のところにやって来ることはないだろう。

だから、とりあえず恵太のことは信用することにした。

だが、常連客が七瀬に嘘をつく理由もない。どう考えても、恵太が世話になった神社の娘で、大学の三年先輩という女性が嘘をついたことになる。彼女がなんの目的で誤解させるようなことを言ったのか、七瀬はそれが知りたかった。

ランチタイムが終わった。後片付けを簡単に済ませ、七瀬が神社に行こうとしたとき、母に呼び止められる。

「恵太くんが女の人を連れてきたって本当なの？」

二日酔いで寝ていた母がどうして知ったのだろう。不思議に思っていると、スポーツドリンクを買いに行ったコンビニで聞いたのだという。どうやら噂はかなり広まっているらしい。

「それは聞いた。女の神主様なんだって。恵太くんがお世話になった神社の後継者に決まったから、挨拶にきたって言ってた」

七瀬の言葉を聞くなり、母はため息をついた。

「そんな男の言い訳を信じてるの？」

「だから、それは誤解なんだって」

「そうね。年上の女性だって話だし、恵太くんは遊びだったんでしょう。でも、実家まで追いかけてきたってことは、相手は遊びじゃなかったってことよ」

七瀬には母が言っていることの意味がわからない。苛々と怒った口調で話し続ける母の気持ちもわからなかった。

「田舎に結婚相手がいると話したのかもしれないわ。ひょっとしたら……妊娠とか。もしそうなれば、恵太くんは責任を取ってその女性と結婚するでしょうね」

開いた口が塞《ふさ》がらない、とはこのことだろう。何も言えず、ただ七瀬は母の顔を見つめていた。すると、母はいきなり七瀬の両腕を摑み揺さぶった。

「まさかとは思うけど、あなた妊娠なんてしてないでしょうね!?　そんなことになったら、もうここには住めないわ。店なんて手伝って、ちゃんとした仕事に就かないからこんなことに……」

さすがの七瀬もカッとなり、母の手を力任せに振り払った。

「いい加減にしてよ、お母さん！　ついこの間まで恵太くんのことを褒めてたじゃない。なのになんで、結婚したいって話になったら急にそんなことを言うわけ？」

中学生で将来の仕事を決めて、それも父親と同じ神主を志すなんて立派だ。――七瀬との結婚が決まるまで、母は恵太のことを褒めていた。だから、そんな恵太と七瀬が結ばれたと知って、喜んでくれるとばかり思っていたのに。

同じ町内、しかも目の前の神社に嫁ぐのだから、仕事もこれまでどおり続けられる。恵太の両親もそのことには賛成してくれた。

それなのに、母はなぜか機嫌が悪い。昨夜のようにお酒を飲みに行くことも増えた気がする。

「母さんは心配なだけよ。恵太くんはひとりっ子で、何もかも優秀で、お父さんを思い出させるの。神社の宮司さんも奥さんもいい人だけど……。もし、北村の両親みたいになったらって。あなたが恵太くんを信じているならいいのよ」

うなだれて階段を上って行く母の背中が小さく見えた。

七瀬だって中学のときから母の仕事を手伝おうと決めていたのだ。だが、母の反対を恐れてハッキリと口にせず『あたし勉強は苦手だし』と言って大学進学をやめ、『今は就職難だしね』と言って店を手伝い始めた。

だから、七瀬は自分のやりたい仕事に就き、自信と目標を持って働いている。

今までは照れくさくて、素直な気持ちを伝えたことなどなかった。でも、勇気を出して喉《のど》の奥から言葉を押し出す。

「お母さん、あたしだってずっとこの店でお母さんと一緒に働くのが夢だった。商業高校に入ったのだって、将来、店の役に立つと思ったから。もし、恵太くんと上手くいかなくなっても、それは学歴のせいでも、ひとり親の……お父さんが死んだせいでもないよ」

母は階段の途中で立ち止まったまま、振り返らなかった。

七瀬はできるだけ明るい声で言い続ける。

「もし、子供がいて、恵太くんと別れることになっても平気。あたしはお母さんの娘だから、ひとりでだって立派に育てられる！　お嫁に行っても、ずっとお店は続けるから……だから……」

「わかったから……さっさと恵太くんのところに行ってきなさい」

母の声は少しだけ震えていた。

「うん。お母さん……ありがとう。あんまり飲んだらダメだよ」

七瀬の言葉に母は答えず、小さくうなずいたように見えた。


「えーっと、七瀬ですけど……おばさーん、いますか？」

社務所の窓が閉まっていたので、奥にある家のほうまで来ていた。

七瀬は玄関の中に入り、遠慮がちに声をかける。鍵はたいていかかっていない。宮司という仕事柄、家にはいつもたくさんの人が出入りしている。そのせいか、昼間は誰もいなくても開けっぱなしだ。七瀬は物騒じゃないかと聞いたことがあるが『家のほうに盗られるものなんてないもの』と恵太の母は笑っていた。

そして、『七ちゃんも、勝手に入っててていいわよ』と言われたのだが、どうも図々しい気がして、誰もいないと上がる気にはなれない。

何度か声をかけたが返事がなく、諦めて帰ろうとしたとき、階段を下りてくる足音がした。

「あら？　お客様かしら。ごめんなさいね、気がつかなくて……私は留守を預かる、赤沢《あかざわ》美穂《みほ》と言います」

七瀬は昨日、遠目に見た女性を目の前にして、食い入るように見つめてしまった。

化粧は少し濃いが、目鼻立ちのクッキリした美人だ。恵太より三歳上ということは、二十五歳くらいだろう。短い髪は近くで見ると黒ではなく、濃いブラウンだ。細身の黒いパンツにオフホワイトのシャツを着ているだけなのに、どこかキラキラしている。〝東京の人〟と思うだけで七瀬にすれば眩《まぶ》しく感じられた。

「あの、失礼ですけど」

「あ、すみません。すぐ前の喫茶店の娘で北村七瀬と言います。その恵太くんの……」

ただの知り合い、というのはおかしいだろう。でも、婚約者です、と宣言してしまってもいいものか……。恵太か彼の両親がいたら、様子を探りつつ返事ができるのに、などと考えてしまう。

ところが次の瞬間、美穂は場違いなほど声を上げて笑い始めた。

「やだ、ごめんなさい。そう、あなたが〝ナナセ〟さんね」

七瀬は彼女の言葉に驚くと同時にホッとした。美穂が七瀬のことを知っているということは、恵太が話したということだろう。特別な相手なら、七瀬の存在は後ろめたくて話さないはずだ。

ところが、美穂は意外な言葉を口にする。

「恵太がね、前に寝言で言ったのよ。なんでもないって言われたけど、ずっと気になってて」

トクン、と心臓が高鳴った。

(どうして、恵太って呼び捨てなの？　それに)

婚約者の自分ですら、恵太の寝言など聞いたことがない。大人の男と女が、寝言を耳にする距離に寝ていたということだろうか？　それが意味することは……。

「それで、やっと聞き出したの。高校卒業前にあなたと勢いでエッチしたんですって？　恵太は後悔してたわ。でも田舎だし、同じ町内だから責任を取らなきゃならないって。それっておかしいと思わない？　だって、私たちはこの四年間、ずっと愛し合ってきたのに」

七瀬は美穂の告白を黙って聞いていた。

すると彼女は、遠慮なしに次々とまくし立てた。

——七瀬だと巫女の手伝いくらいしかできないが、自分なら仕事の上で恵太をサポートできる。この神社は他の人に任せて、恵太には美穂の実家で宮司をしてもらう。そのほうが最終的に神職としての階位も身分も上を目指せる。恵太の両親も喜ぶだろう、と。

「恵太のことが好きなら、黙って身を引いてくれない？　彼が気の毒だわ」

最初は美穂の言葉にドキドキした。

やっぱり、東京で彼女を作って遊んでいたんだ。最初から七瀬のことが好きだったなんて、あのときの言葉がプロポーズのつもりだったなんて、全部嘘だったんだ。——そう思った。

しかし、聞けば聞くほど何かが変だ。美穂の言葉に出てくる恵太と、七瀬の知っている恵太が離れていく。

そう思ったら、不思議なくらい七瀬の気持ちは落ちついていた。

「ねえ、なんとか言ったらどう？　ナナセさん」

「はあ……。赤沢さんは本当に恵太くんのことを知ってるんですか？」

「当たり前じゃない。四年もひとつ屋根の下で暮らしてきたのよ」

「だったらわかるはずです。恵太くんは女性が喜ぶようなことは言えないけど……その分、嘘も言いません。あたしのことが中学生のときから好きだったって言ってくれたから。絶対に、あなたとそんなことはしてません！　失礼します」

七瀬はそのまま回れ右をして玄関から飛び出そうとした。

ところが、振り返ったところに壁が――。激突しそうになる寸前、七瀬の身体は逞《たくま》しい腕に抱き締められていた。

それは白衣に浅葱色の袴を穿いた、恵太だった。

「町内の人から聞きましたよ。美穂さん、ちょっと冗談が過ぎると思いませんか？」

恵太は眼鏡の奥から、きついまなざしで美穂を睨む。

すると美穂は悔しそうに頬を歪《ゆが》め、ふたりに背中を向けると荒い足取りで二階に上がって行った。

☆　☆　☆

「え？　婿養子？」

恵太に手を引かれ、人の少ない神社の裏手までやって来た。

どうするつもりだろう、と思っていると、美穂のことを説明し始めたのだ。

「そう。俺が必死にやってると、赤沢の宮司さんからそう言われて……」

美穂の実家は、ここより数倍大きな神社だという。神主も複数いて、恵太のような大学に通う見習い神主も常に四、五人住み込んでいた。

神主を目指しているとはいえ、全員が真面目とは限らない。私生活では合コンに精を出し、酔って迷惑をかける学生もいる。そんな中で、やはり恵太は飛び抜けて真面目だったようだ。

そんな恵太の卒業が近づいたとき、美穂の父から、実家を継ぐのを諦め婿養子に入って欲しい、と言われた。恵太の両親にも、同じ話がきたらしい。

「おじさんたちが反対したの？　それとも……」

息子の将来を考えて賛成したのかもしれない。そう思うと、七瀬は少し切なかった。

「いや、親父もお袋も何も言わなかった。本人が決めたことを応援してやりたい、って」

恵太はすぐに断った。自分が必死なのは、実家の神社を継ぐためと、結婚を約束した女性のためです。そう答えた。

「美穂さんて綺麗な人じゃない。もし、ここにお嫁に来るって言われたら？」

「おまえがいるだろう？　嫁さんはひとりで充分だ」

　恥ずかしそうに横を向いて言う。

「でも、恵太の『ナナセ』って寝言を聞いたって。それに、高校卒業前にエッチしたことも知ってたんだけど……どういうこと？」

「奉仕中にくたびれて眠り込んだことが何度かあるから、そのときに言ったんじゃないか？　もうひとつは……」

　恵太は言いづらそうに頭を掻きながら、

「成人式のあと、新年会か何かで初めてビールを飲まされて、初体験のことを白状させられたんだ。卒業生もいたからな。でも……彼女だけじゃなくて、大学の連中はほとんど知ってる。巫女姿の同級生と社務所でヤッたって」

　などという、とんでもない告白をしてくれた。

　ふたりの結婚式には、恵太の大学時代の友人も大勢招く予定だ。

「そ、そ、そ……そんなこと、あたしが相手だって言ってないわよねっ⁉」

「名前なんか言うかよ」

　とりあえずホッとしたものの、じゃあ、相手の同級生って誰だ？　となったらすぐにバレるだろう。なんと言っても、恵太の神社で巫女の手伝いをしていた同級生は七瀬だけ。大学の友だちがポロリと口にすれば、あっという間に『この社務所で……』といった噂が広まるに違いない。

でもすぐに、そんな心配は無駄だと知る。

「ただ、その相手と結婚するって話したけどな」

「どうすんのよ！　地元の人間にバレたら、友だちみんなに知られるんだからねっ。そうなったら、同窓会のたびに言われるじゃない。もう、信じられない！」

いくら初めて飲まされたからといっても……。

「怒るなよ。俺が戻ってくるのを指折り数えてたくらい惚れてんだろう？　カレンダーにバツ印まで付けてさ」

「てっ……手帳見たの？」

「見えたんだ」

昨日の夜だ。手帳を開いたときに母が帰ってきて、慌てて七瀬だけ一階に下りた。机の上に開きっ放しになっていた手帳を恵太が何気なしに覗き込み……。

「でも、女って面白いな。ハートマークに数字の六が書いてあるから、最初はわかんなかったけど……あれって」

「バカッ！　セクハラ神主！　それ以上、ひと言でも言ったら結婚しないから！」

七瀬が真っ赤になって怒鳴りつけ、踵《きびす》を返したとき——。

「おい、七瀬」

「何よっ」

呼び止められ、怒りながら振り向いた瞬間、何かが飛んできた。七瀬はびっくりしたが、慌てて受け止める。

「それ、やるよ」

ぶっきらぼうに言うと、さっさと神社のほうに戻って行く。

七瀬の手には赤いビロードの四角いケースが収まっていた。中に入っていたのは、決して大きくはないけれど、ダイヤモンドの指輪。

急いで恵太を追いかけ、

「これ、婚約指輪だよね？」

「他になんなんだ」

「なんでケースごと放り投げるのよ！　普通はさ、もっとロマンティックな言葉を囁きながら、左手の薬指にはめてくれるもんじゃないの？　プロポーズだって思い切りわかりにくい言葉だったんだから、せめてこういうのくらい……」

次の瞬間、恵太に唇を塞がれた。

「おまえ、うるさ過ぎ」

「恵太……好き」

返事の代わりに今度はもう少し長いキスで恵太は答え――。

翌日、この町内でふたりの仲を知らない人はいなくなった。

とっても☆いけない神主さま

（一）

「だから、そこじゃないんだってば！」

「別にどっちだっていいだろう？　たいして変わらないんだし」

そう言いながら、とりあえず力任せに押し込もうとする。

「全然違うわよ！　ああ、もう……どうして恵太って、いっつも力尽くで済ませようとするわけ？」

丸っきり、単純バカのように言われるのは心外だ。

これでもいろいろ考えている。考えるあまり、言葉にするのが遅くなるだけだ。

ただ、そういったところが、気の短い七瀬には待ち切れないらしい。

「もう、いい。自分でするからっ」

だったら勝手にしろ、と普通の男なら言うだろう。

しかし、それすらも言うタイミングを逃してしまうのが、恵太のマイナス……いや、この場合はむしろプラスかもしれない。

「……なんとか言ってよ、恵太」

カッとなると怒鳴るくせに、すぐに後悔して泣きそうな顔をする。そんな七瀬が中学生のころから好きだった。

「もう一回やり直すから、そんなに怒るなよ」

内心、左右どっちだっていいだろう、と思いつつ……。

恵太は一度並べた洋服ダンスを再び持ち上げ、順番を入れ替えたのだった。


七月上旬、梅雨の晴れ間に愛川恵太と北村七瀬のふたりは、新居となる借家に荷物を運び込んでいた。

今年の一月、丸四年にも及ぶお互いの誤解を解き、めでたく恋人同士となった。

恵太にすればこの四年間は、遠距離恋愛プラス婚約期間だったが、七瀬のほうは失恋期間だったらしい。何がどうなればそんな誤解をするのか、恵太にはさっぱりわからない。

だが、周囲の人々に事情を話すと、決まって『おまえが悪い』と言われる。ということは、きっと恵太のほうに責任があるのだろう。

それはともかく、三月には無事に大学を卒業して〝正階《せいかい》〟の階位をいただき、一人前の神主となった。春からは父の後を継ぎ、実家の神社で宮司の役目を果たしている。

同時に、七瀬との婚約も正式にお披露目した。結婚式は八月末と決まり、今は仕事と結婚の準備に奔走する毎日だ。

「うん、オッケーよ。こっちでないと、右側のタンスの扉がいっぱいまで開かないのよねえ」

似たような洋服ダンスが二棹《ふたさお》並んでいる。

「なんで開かないんだ？」

「ほら、窓のカーテンレールが出っ張ってるでしょ？　最初に置いた順番だと扉が当たるのよ。こっちはちょっとだけ扉の位置が低くて、その分、当たらないの。これでもちゃーんと考えて買ったんだからね」

リサイクルショップで格安のタンスを見つけたと七瀬はご機嫌だ。

「ちょっと聞いていいか？　なんで、隣の新築コーポにしなかったんだ？」

どっちの実家も広くはないが、同居が不可能なほど狭くもない。だが、結婚後もお互いに親と一緒に働くのだ。

恵太の父は――一応引退して、祭祀の手伝いを頼まれたときだけ他の神社に宮司として出向くことになった。それ以外は実家にいて恵太の指導に当たる。

七瀬はこれまでどおり、母親と一緒に喫茶店経営を続けることが決まっている。

双方の家族で食事をしたときに、せっかく結婚するのに、全部がこれまでどおりでは代わり映えがしなさ過ぎる……という話になった。

結局、お互いの実家と同じ町内に家を借り、家計は独立させて新婚生活を始めることになったのである。

そこで候補に挙がったのが、築三十年で３ＤＫの借家と、新築２ＬＤＫのコーポ。当然、七瀬はコーポを選ぶと思ったのだが、彼女は借家を選んだ。

恵太にすれば、生まれてからずっと、神社の敷地内にある築六十年の木造住宅に住んできた。それと比べたら三十年でも充分新しく感じるので不満はない。

不満はないが、コーポならクローゼットがついている。こんなふうにタンスを運び込む手間も省けたのではないか、と思ってしまう。

するとと七瀬は、

「知ってる？　コーポの家賃って六万二千円プラス管理費が三千円もするんだから」

「マジ？」

「ここだったら、佐久田先生が大家さんの借家だから、入居前のリフォームをしない代わりにコーポの半額で貸してくれるって。年間四十万円近い差は大きいよぉ。それに、小さいけど庭つきだから花壇だって作れるしね」

佐久田は七瀬の店の常連客だ。町内でそろばん塾を経営しており、温厚な老紳士というイメージがある。

子供会や町内会の行事でもよく見かける。妻を早くに亡くし、子供もいなかったため、そろばん塾の教え子全員を我が子のように見守っているという。

七瀬も小学生のころ、そろばん塾に通っていた。珠算一級の腕前である。それを活かして商業高校に進み、高校時代に商業簿記の二級まで取ったと聞く。

『喫茶セナの七ちゃんは、本当にしっかりしていて頼りになるお嬢さんだ』

『母親孝行だし、息子がいたら嫁さんに欲しいくらいだよ』

恵太が高校生のころ、社務所に町内会の顔役が集まるたび、耳にした言葉だった。

一方、恵太はというと……。

一生懸命頑張っています、とても真面目です——幼稚園から大学まで、教師に恵太の評価を聞いたとき、必ず返ってくる答えがこれだ。続く言葉が、もう少し肩の力を抜きましょう、柔軟に物ごとを考え、融通を利かせることも覚えましょう、なのも変わらない。

大学時代も親に迷惑をかけたくない、と節約を心がけるあまり、父が倒れるまで三年以上帰省せずにいた。

おそらくこの辺りが〝融通の利かなさ〟なのだろう。

結婚の準備にしてもそうだ。

恵太は宮司となってわずか三ヶ月。幼いころからずっと父の仕事を見ており、実際に見習いとして手伝ってきた。だが、手伝いとは持たされる責任の重さが違う。

その辺りの事情もあって、実際問題、結婚の準備は七瀬に丸投げの状態だった。

にもかかわらず、七瀬は文句も言わずにすべての段取りをそつなくこなしている。

結婚式は恵太の父に取り仕切ってもらい、実家の神社で挙げる。その後、世話になった人や友人を招いて、ホテルで披露宴をする。ふたりの衣装に関すること、招待客のリスト作り、招待状の宛名書きから発送、ホテル側との打ち合わせ等々、ほとんど任せっきりだ。新居を借りる手続きや、家具家電の購入まで、限られた予算の中で七瀬はすべてやりくりしている。

その辺りのことも考えながら、恵太は尊敬のまなざしで七瀬を見つめていた。

ところが、なぜか急に七瀬の表情が曇り始めた。

「恵太もコーポのほうがよかった、とか思ってる？　新婚なのに、もらい物とかリサイクルばっかりで、家も古い借家で……あたしって、そんなにケチで貧乏くさいかな？」

思いがけないことを言われて、恵太は面食らう。

「な、なんで、そうなるわけ？」

「お母さんに言われたのよね。新婚旅行も国内なんて、恵太が甲斐性なしだって言ってるみたいで、おじさんやおばさんも面白くないんじゃないかって」

そう言ったあと、七瀬は今朝稼働させたばかりの冷蔵庫から冷えたコーラを出してきた。

「冷蔵庫とエアコンは頑張って省エネタイプの少し高いヤツを選んだんだけどなぁ。でも、家具は古くても壊れてさえなければ、味があるっていうか……。第一、家電と違って電気代はかからないし、故障っていうのもまずないでしょ？　リサイクルでもいいと思うんだよね」

恵太は無言でペットボトルのキャップを開け、口をつけてコクンと飲む。

「でも、恵太が嫌なら言ってよ。あたし、押しつける気はないんだから。男のプライドを傷つけたり、恥掻かせたりしてるなら、ちゃんと考えるから……」

七瀬はペタンと和室の真ん中に座り込んだ。

ひとつにまとめ、クルンとお団子にした髪が妙に可愛い。襟足に二本、三本とかかっている後れ毛が、色っぽくてそっちに意識が持っていかれそうだ。

トップスはこれまでの彼女からは想像もできない、ピンク色のタンクトップ。ボトムスはもっと驚きだ。素材はデニムだが、タイトなデザインのミニスカートを穿いている。

思いが通じ合ったころ、恵太が『制服以外でおまえのスカート見たことない』と言ったことが原因らしい。

（俺、余計なこと言ったかも……）

こうして見ると七瀬は周囲の女性に比べて腰の位置が高く、しなやかな脚が際立っている。ピンク色に包まれた胸元からは谷間がチラチラ見え、顔を埋めたときの感覚を思い出してしまいそうだ。

（あークソッ！　他の野郎に見せたくねぇ）

恵太は気を散らそうと、ゴクゴク、コーラを喉に流し込んだ。

そんな恵太と違い、彼女は自分のために持ってきたペットボトルを抱え込んだままでいる。ぼんやりとタンスを見る目は今にも泣き出しそうで……。

頼りなさそうな感じにどうしようもなくそそられる。いっそこの場で、七瀬を組み伏せてしまいたい。

そんな衝動を必死で抑えながら、頭の日頃使わない部分をフル回転させつつ、恵太は懸命に言葉を探した。

彼は深呼吸すると、ペットボトルのキャップを閉め、タンスの上にトンと置く。

「だから、違うんだよ。俺がコーポって言ったのは、七瀬が住みたいんじゃないかって思っただけなんだ。そもそも旅行だって俺は……あ、いや、これを言ったら怒るよな」

「怒らないわよ。だから、何？　ハッキリ言って」

「だから、俺は……」

ちょっと口ごもりながら、彼は七瀬の隣に座った。

「俺にとって行き先なんて、別にどこでもいいんだよ。——おまえが一緒なら」

「……恵太……」

七瀬の瞳がウルウルして、窓から射し込む光に輝き始める。

「やっぱり、せっかくの新婚旅行なんだからさ、心ゆくまでおまえのことが抱きたいし」

「…………」

言った瞬間、ヤバイと思った。

思ったとおり、七瀬はスーッと息を吸い——。

「恵太のバカーッ!!　そうやってエッチばっかりだから、あたしって本気で愛されてるのかなって心配になるんじゃない！」

「好きだから、エッチばっかりになるんだろうがっ！　俺にはおまえだけなんだ。ちょっとはわかれよ！」

恵太が言い返すと七瀬は真っ赤になった。そんな彼女を見ていると、こっちも我慢できないくらい頬が熱くなる。

ふいに彼女の両肩を摑み、畳の上に押さえ込んでいた。

「あのさ……七瀬は怒るかもしれないけど、このまま、おまえのことが抱きたい」

「だから、怒らないってば。でも、窓……カーテン、まだだし」

言われて顔を上げると、窓にはカーテンレールが取りつけてあるだけで、カーテンはこれからだ。

しかも窓は、外のテラス……と言えば聞こえはいいが、庭に出入りできる大きなフランス窓。下半分はすりガラスになっているが、充分な目隠しとは言えない。

「この体勢から起き上がって、カーテンを吊るすって言うのもなぁ」

「夜までには吊るしておくから……そ、それからっていうのは、ダメ？」

「お、おまえ、なぁ」

すでに全力で戦闘態勢に入っている。

恵太は七瀬の手を取り、自分の股間に導いた。

「これで夜まで待てって言うのか？」

「恵太……なんでいつも、こんなに元気いっぱいなの!?」

「俺たちはこれから結婚するんだぞ。結婚前から枯れててどうすんだ？」

明るい陽射しがふんだんに射し込んでくる室内。恵太はちょっとしたことを思いつき、七瀬に提案した。

「七瀬……夜まで待つから、ひとつだけ頼みがあるんだけど」

「何？」

彼女はピクッとして目を見開いた。そんなにすごいことを言うつもりはないが、いや、ひょっとしたら、七瀬はそう思わないかもしれない。

でも、これはチャンスだ。

そう思ったら、考える間もなく口をついて出ていた。

「口でっていうのは……無理、かな？」

一瞬、ほんの一瞬だけ、殴られるかと思った。

だが、七瀬は驚いた顔をしながらも、

「よく、わかんないんだけど……ちょっとだけなら」

そんなふうに言ってくれたのである。

今日の恵太はカーキ色のショートパンツを穿いていた。上は白いTシャツ一枚。彼女に胸を押されながら身体を起こし、ふたりで向かい合って座る。

七瀬の手がショートパンツのファスナーに触れ、そっと引き下ろしていく。

直接、手で握られたことはあるが、口は初めてだ。彼女の一挙手一投足にドキドキして、恵太の股間は真上を向いたまま、今にも下着を突き破りそうだ。

だが、そんな恵太の期待に反して、七瀬の指先は小刻みに震えている。

「あ、あのさ……無理だと思ったら、やめていいから」

「やめたほうがいいの？」

「え？　あ、いや、できれば続行で……」

我ながら情けない、と思いつつ、フェラチオ初体験の誘惑には抗えない。

すると、七瀬がプッと噴き出した。

「恵太ってさ、真面目に見えるけど、ホントはすっごいむっつりスケベだよね。よく、神主様になれたなぁって思う」

緊張がほぐれたような笑顔に、恵太もホッと息を吐く。

その直後、下着が下ろされた。ブルンッと勢いをつけて飛び出したペニスを、七瀬は押さえ込むように摑んだ。

「なんか、生きてるみたい」

「そりゃ生きてるだろう。俺の身体の一部だからな……」

「あ、そうか……とりあえず、舐《な》めてみるね」

言うなり、七瀬は柔らかな唇を押し当ててきた。

その瞬間、恵太の頭の中は真っ白になり、その行為がただ単純に気持ちいい、といったレベルのものでないことを知る。好きな女が自分の前に屈み込み、恥ずかしそうに恵太自身にキスしているのだ。とんでもなく興奮して、頭に血が上っていく。

七瀬は彼の快楽を知ってか知らずか、両手で包み込むように持ち、裏筋にツーッと舌先を這わせ――。

恵太の分身は彼女の口腔内を経験する寸前、降参の白旗を振ったのだった。

☆　☆　☆

新居から店に戻ったのがちょうどランチタイムで、七瀬はすぐに仕事に入った。

今日の恵太は朝拝を務めたあと、神社を父親に任せて休みをもらっている。結婚式は来月末だが、今月中に新居の片づけを済ませ、ふたりの私物を運び込み、来月早々には同居を開始するためだ。

実を言えば、神社の宮司に休日はない。

神主は神社で『仕事をする』のではなく『奉仕する』のだから。今日は休みだから朝拝はなし、などということは通用しない。雨が降ろうが、風が吹こうが、毎日欠かさず本殿で祈禱をするのが役目だった。

もちろん、大勢の神主がいる神社では、ちゃんとした勤務体制が整えられている。だが、恵太の実家のような家族経営だとそうはいかない。夫婦揃って神職、子供も神職に就き、みんなで助け合ってやりくりしている神社がほとんどらしい。

そういう中で、恵太の父は長年ひとりで神主としての責任を背負ってきたのだ。本当に立派だと思う。

県北の田舎には愛川家先祖代々の土地があり、恵太の両親もいずれ完全に隠居したら、そちらで暮らしたいらしい。親戚の多くがO市内ではなく、県北に住んでいることも大きな理由だった。

だが、そうなると恵太の負担があまりに大きくなってしまう。恵太の両親にも楽はして欲しいが、しばらくは無理かもしれない。

(いきなり『全部任せた、じゃあね!』とか言われても、あたしだって困るし)

もちろん、七瀬への負担もなるべくないように、と恵太の両親は気遣ってくれている。

なんと言っても今のご時世、この条件ではなかなか〝神主の嫁〟は見つからないという話。

七瀬の母が学歴にコンプレックスを持ち、いろいろ口を出してくるのと同じく、恵太の両親もいろいろ心配事は尽きないらしい。七瀬の知らないところで、恵太にいろんなことを言っているのだろう。

たとえば、せっかく見つけたお嫁さんなのだから、逃げられないようにしろ——とか。

東京のような大都市に比べると、O市の平均結婚年齢は低い。だがそんな中でも、二十代前半で結婚するふたりは早婚の部類に入る。

中学三年のクラスメートの男子では、恵太が結婚一番乗りとなった。

女子はすでに三人結婚しているが、その全員が、子供のほうが先らしい。

『えー！　デキてないのに結婚するの？』

『もっとじっくり付き合ってからでもいいんじゃない？』

近くに住む七瀬の友人に、恵太との婚約を報告したときに言われた。

でも恵太の性格から言って、もう少し遊んでから結婚しよう、といったタイプではない。

エッチ込みの付き合いなら結婚するのは当然。年老いた両親のためにも、なるべく早く孫の顔を見せてやりたい。そんなふうに恵太は言っていた。

そして七瀬にも、恵太の気持ちが痛いほどわかるのだ。

母子家庭だからこそ、時々親子ゲンカはするものの、母と娘の結びつきは深い。結婚しても近くに住み、お互いに行き来しながら、できれば母にも女の幸せを見つけて欲しいと思う。

十代のころは、母が店の客とはいえ、男性と連れ立って酒を飲みに行くのも嫌だった。だが、七瀬自身も大人になり、それが甘えであることに気づいた。

でもまあ、こんなふうに思い始めたのは恵太との結婚が決まってからなので、母にこれ以上うるさく言われたくない、という思惑もあるのだが。

どちらにせよ、朴訥《ぼくとつ》で言葉は少ないが一途な恵太と、甘え下手で素直ではないが堅実な七瀬というカップル。ふたりには、ゴールも決めずに交際を続ける理由がわからない。

しかも、わざわざ〝平均結婚年齢に達するまで〟という理由を設ける意味もなかった。

『まあ、そうだよね。ふたりとも、親から離れて自由になりたい、ってタイプじゃないから。恵太くんは頭もいいし、イケメンでスポーツ万能だもんね。堅物で面白味に欠けるのが難点だけど……うん、優良物件だと思うよ』

最終的には、みんなから『おめでとう』の言葉をたくさんもらったのだった。

その――頭がいい、イケメンのスポーツ万能神主――恵太は、客が引いた店内でテーブルに突っ伏していた。

「ちょっと恵太、いつまで落ち込んでるの？」

「ほっといてくれ」

客が減った頃合いを見計らい、お昼ご飯にはオムライスを作ってあげた。

七瀬はケチャップでハートマークを書くべきかどうか、三分も悩んだ。

半分まで書いたところでやっぱり恥ずかしくなり、結局は適当にケチャップをかけて半分のハートを消してしまった。

ちなみにそんな娘を見ていた母は、

『そんなに悩むようなことかしらねぇ。ふたりきりになると、性懲りもなくイチャイチャしているくせに』

と、いささか呆れ顔だ。

ふたりになって盛り上がってくると、七瀬の中でくすぶっている羞恥心はどこかに吹き飛んでしまう。でも、日常生活レベルでは、どうしても恥ずかしさが勝っている。

ただ、思い切ってひとつだけ変えてみた。

大きめのお皿にオムライスを盛りつけたあと、付け合わせの野菜は彩りを考えて、アスパラとコーン、にんじんのグラッセを可愛らしく飾る。そこまでは普通の客に出すときと一緒だ。

七瀬なりに頑張って、にんじんをハート形にカットしたのである。

恵太はなんて言うだろう。照れもあって、七瀬のことをからかうかもしれない。——なんてドキドキしながら見守った。

ところが、恵太はパクパクッとわずか数分で平らげてしまう。

そして七瀬にかけられたのは、『ごちそーさん』のひと言だけ……。

(はいはい。恵太に期待した、あたしがバカなんです)

だがそのとき、七瀬は恵太の異変に気づいた。

いつもの彼なら、食後はコーヒーを飲ませろとうるさい。でも今日はぼんやりしていたかと思ったら、誰もいなくなるなり、テーブルに額をゴンゴン打ちつけ始めたのだ。

「あたしは……恵太がやって欲しいって言うから、しただけなのに」

「わかってるって。おまえに文句があるわけじゃない。ただ……まあ、とにかく落ち込んでるだけだから」

「だけって言われても……」

『口でっていうのは……無理、かな？』

そんな言葉でフェラチオをねだったのは恵太のほうだ。

七瀬も自分にできるかどうかわからなかったが、彼がそんなにして欲しいなら、と思って承諾した。

ところが、アイスキャンデーを舐める感じでペロペロと舐め、先端を口に含もうとした瞬間、恵太は暴発してしまったのである。

それ以来、バツが悪そうな恵太は何も言わなくなるし、七瀬もなんとフォローしていいのかわからない。

ふたりとも無言のまま、ランチタイムを理由に引き揚げて来たのだった。

「俺、自分の荷物片づけてくる」

恵太は食事代を置いて立ち上がろうとする。

「あ……じゃあ、新居のカーテンもお願い。夜はちょこっとお店を手伝ったら、八時までには晩ごはん持っていくから。えっと……続きっていうか……恵太が気に入ったなら、もう一度、口でしてもいいし」

出血大サービス、という感じで七瀬のほうから歩み寄る。

しかし、今日の恵太は彼女の予想以上に凹《へこ》んでしまっていた。

「いや、もういいから」

「そういう言い方って……なんかもう、あたしとはしたくないって聞こえるんだけど」

「…………」

男の人にとって、楽しい結果にならなかったことはわかる。だが、ここまで凹むようなことだろうか。しかも、七瀬の誘いを撥《は》ね除《の》けるほどの出来事とはとうてい思えない。

彼女がもう一度口を開こうとしたとき、カランカランとドアベルが鳴った。

振り返ると、どこか見覚えのある女性が立っていた。

化粧は薄いが、ほとんど何もしていない七瀬に比べたら、しっかりと作りこんである。

シンプルなモノトーンのワンピースはキャリア風でも学生風でもない、コンサバ風とでも言えばいいのか。

ただ、どう考えても〝喫茶店〟より〝カフェ〟が似合いそうな女性だった。

知っている人に似ているだけかもしれない、そう思いつつ、

「すみません。今、準備中なんです。夕方の営業は五時からなんで……」

七瀬はニッコリ笑ってお断りの言葉を口にした。

ところが、その女性は大きな荷物を手に中までスタスタと入ってきて、七瀬の横をすり抜け、恵太の前に立ったのである。

「久しぶりね、恵太！　窓から見えたんで入ってきちゃった！」

恵太も七瀬同様、ポカンと口を開けていたが、ハッと我に返った。

「おまえ……加藤《かとう》じゃないか。いつこっちに？」

「今日よ、ついさっき。実家にも内緒で帰ってきたら、留守だったのよ。ちょっと時間潰そうと思って、懐かしいこの辺りをウロウロしてたってわけ」

恵太が口にした『加藤』の名前に七瀬も思い出す。

「え？　加藤って、中三のとき一緒だった加藤恵里香《えりか》のこと？」

七瀬と恵太の通った小学校は一学年一クラスという小規模校だ。当然、小学校は六年間同じクラスになる。そして、中学校は付近の小学校と学区が一緒になるので、一学年が四クラスに増える。恵太とは一、二年は別になり、三年だけ同じクラスだった。

そして七瀬の記憶に間違いがなければ、加藤恵里香は隣の小学校の出身だ。

恵里香と恵太は中学三年間ずっと同じクラスだったと思う。ふたりの仲がよかったかどうかは知らないが、少なくとも三年のとき、恵里香には高校生の彼氏がいる、という噂を聞いたことがあった。色つきのリップを塗ったり、夏休みには髪を脱色したり、そういったことに興味のなかった七瀬とは、対極にいたような気がする。

ただ、話をする機会がなかったわけではない。加藤と北村で出席番号が一番違いだったため、体育や家庭科などでよくペアを組まされた。

(でも、気が合わなかったからなぁ。しょっちゅう言い合いしてたかも……)

七瀬は心の中で苦笑する。

今となれば懐かしい思い出——そう思って〝大人の対応〟を試みるが、

「あ、ごめん。加藤さん、あたしのこと覚えてない？　北村だけど……ほら、調理実習で一緒にケーキを作った」

彼女の冷ややかな目つきを見れば、向こうに〝大人の対応〟をする気がないことは一目瞭然だ。

とはいえ、すぐに臨戦態勢に入るほど、七瀬も子供ではない。

「あのときは、生クリームが泡立たなくて苦労したよねぇ。あーでも、一緒に遊んだりはしなかったから、あたしのことなんか覚えてないか」

「調理実習は覚えてないけど、北村さんのことは覚えてるわ。パッと見はスポーツが得意そうなのに、百メートル走で二十秒以上かかってたわよね？　ああ、それと、サッカーのときに止まった状態でボールを空振りして、尻もちついてたのもあなたじゃなかった？」

恵里香は大きな荷物を足元に置き、しれっとした口調で言った。

「……まあ、間違ってないけど」

戦闘モードを通り越して、殺意が芽生えそうだ。

「まだここでお店してたんだ。スナックだっけ？　お母さんとふたりでやってるの？」

「昔も言ったような気がするけど……スナックじゃなくて喫茶店よ。メインはモーニングとランチでアルコールは出してないもの。夜は九時までしかやってないし」

言いながら、昔のことを思い出してムカムカしてきた。

たしか、修学旅行のときに七瀬は恵里香と大ゲンカをしたのだ。原因は、恵里香とその仲よしグループが七瀬に絡んできたせいだった。

七瀬の家はスナックで、母親は男性相手の商売をしている。しかも、未婚で父親のわからない子供——七瀬を産んだらしい、と。

親から聞いたとグループのリーダーである恵里香はもっともらしく言いふらした。

（落ちつけ、あたし。あのときみたいに、取っ組み合いのケンカになったらシャレにならない）

七瀬は深呼吸する。

そのとき、ふいに恵太が動いた。女ふたりが一触即発の様子だということに気づき、逃げ出したくなったのかもしれない。

「それじゃ」

ボソッとひと言だけ呟き、恵太はドアに手をかけた。

慌てて引き止めようとした七瀬を押し退け、恵里香が恵太の腕を摑む。

「ちょっと待って恵太。あなたに話があるのよ」

「何？」

「ここでは話せないわ」

そう言うと恵里香はチラッと七瀬を見た。

まるで七瀬が邪魔者だと言わんばかりだ。思わず『あたしの婚約者になんの用？』と怒鳴りそうになった。

でも、できれば恵太の口からハッキリ言って欲しい。

その一念でテレパシーでも送るようにジーッと見つめていると、ようやく恵太が口を開きそうになった。

そのときだ。店内の微妙な空気を一掃するような、大音量の泣き声が響き渡った。

声は恵里香が床に置いた手荷物から聞こえる。

ずいぶん大きなバスケットだと思っていた。淡い黄色をしていて、北村家の洗濯かごに似ている。

恵里香は都内の大学に入ったと聞く。彼女の雰囲気から、今も東京で暮らしているに違いない。東京では変わったものが流行っているみたい、と思ったが……どうやら違うらしい。

それはとうもろこしの皮、メイズで作られたベビークーファンだった。

中で小さな小さな赤ん坊が、その身体からは想像もできないほどの声を張り上げている。

「えっ、赤ちゃん!? ひょっとして、加藤さんの子供? ってことは、結婚……してるの?」

七瀬が仰天した声を上げると、恵里香はクーファンに近づき、赤ん坊を抱き上げた。

「当たり前じゃない。それとも、私が他人の子供を誘拐してきたとでも言いたいわけ?」

「違うって。でも……そうなんだ。へー、なんか不思議」

ギリギリまで遊んで、じっくり相手を吟味してから結婚するタイプだと思っていた。

それが、この時期に赤ん坊を抱えているということは、大学在学中に結婚したことになる。

「ねえねえ、相手はどんな人? 年上だよね? もしかして、デキ婚だったりする!?」

彼女が既婚とわかると、とたんに気が楽になる。

恵太に馴れ馴れしく近づいたのは、逆に既婚者の余裕からかもしれない。あるいは、店内の様子から恵太と七瀬の関係を察し、七瀬に対する嫌がらせ、とか。

すると、予想外の方向から声が聞こえて来た。

「加藤……おまえ、結婚したのか? 子供って、いつ生まれたんだ?」

「今は加藤じゃなくて、滝沢《たきざわ》よ。この子は四月の初めに生まれたの。糸偏に少ないの紗に、恵《めぐむ》と書いて〝紗恵《さえ》〟って言うのよ。ねえ、覚えてる？　恵太に去年会ったのって、ちょうど今頃の時期だったでしょう？」

恵里香の言葉に、なぜかしら恵太の顔が曇り始める。

「だからお願い、いろいろと相談に乗って欲しいのよ。恵太しか、頼れる人がいないの」

七瀬は変な胸騒ぎがして、

（どうか、恵太が断ってくれますように）

八百万《やおよろず》の神様にそう祈っていた。

（二）

暗雲は昨日から立ち込めていたように思う。

新居でイチャイチャしていたところまではよかったものの、ほんのささいな——と七瀬には思える失敗に、恵太が一気に凹んでしまった。

さらには七月初旬という帰省には半端な時期に、中学時代のクラスメートで旧姓、加藤恵里香が赤ん坊を連れて帰って来た。

去年結婚したという夫は一緒ではなく、変に恵太にすり寄ってくる。

そんなふたりを見ているだけで、七瀬のほうはイライラのしっ放しだ。

こういうときは、距離を置いて頭を冷やしたほうがいい。恵太とは二、三日は顔を合わせないでいよう。

そう思っていた矢先、今度は披露宴会場となるホテルに急用ができた。

七瀬はひとりで行ってサッと済ませてこようと思ったが、恵太の父が『今日も仕事を代わってやるから、ふたりで行ってきなさい』と言ってくれた。

普段ならこれ幸いとばかりにふたりで出かけるのだが、今日ばかりは、恵太の父の気遣いが裏目に出てしまう。

肝心の用事は一時間足らずで終わった。

「ここでいいわよ。昨日も休んだんだし、今日だって……加藤さんが会いに来るんでしょ」

神社に戻り、駐車スペースで車から降りながら、七瀬はなるべく感情を込めないように言う。

珍しく行きも帰りも恵太の運転だった。助手席に乗せてもらうなんて滅多にないことなので、本当ならもっと楽しい時間になっただろう。

だが車内では、ふたりともほとんど無言だった。

「俺も店に行くよ。山崎《やまざき》と葛城《かつらぎ》が結婚祝いを持って来てくれるんだろ？　礼くらい言わないと」

ため息混じりに七瀬の友人の名前を口にする。

どちらも中学三年のときのクラスメートなので、共通の友人と言ったほうがいいかもしれない。

「いいってば。恵太にとっては、加藤さんのほうが大事なんだし……」

「加藤とのことは説明しただろ？」

たしかに説明はしてくれた。

恵太の卒業したK学院大学は都内にある。同じ中学の同窓生で東京近郊に進学、就職した人間は十人ほどいた。プチ同窓会のノリで、年に数回程度集まって食事をしたりお酒を飲んだりしていたという。

その中のひとりが恵里香だった。

「説明？　去年の夏にデートしたって話だけじゃない」

「デートじゃない。ただ、会ったんだ」

「だから、どこで会ったの？　それって、ふたりきり？　ふたりで約束して会ったんなら、それってデートでしょ？」

矢継ぎ早に問いかけると、恵太はたちまち黙り込む。

「ほら、肝心なことは何も答えない。恵太はそればっかり。加藤さんにだって、あたしと婚約してるって言わなかったし。さっきだってそうよ。司会者の人が誤解してたのに、同級生ですって言ってくれなかったじゃない」

言うまいと思っていたのに、七瀬はどうしても我慢できなくなった……。


『ご結婚おめでとうございます！　お婿様は二十二歳、お嫁様が二十三歳で、おふたりとも四月生まれって聞いたところなんです。一歳違いなんて理想的ですよね！』

元気いっぱいにお祝いを言ってくれたのは、司会専門の会社から七瀬たちの披露宴に派遣される予定、という女性だった。

彼女に悪気があるとは思えないし、もちろん間違いでもない。

四月二日生まれの七瀬と、四月一日生まれの恵太は誕生日がほぼ一年違う。七瀬が一日早く生まれるか、恵太が一日遅く生まれていたら、ふたりは同じ学年ではなかった。

披露宴でよくある演出のひとつに、それぞれの生い立ち写真を編集して流す、というのがある。

ふたりの場合、幼稚園から中学校まで一緒ということもあり、学校や町内の行事で一緒に写っている写真がたくさんあった。

ブライダル担当者に『成長の過程を同時にご覧いただけるので、皆さん感動されますよ』と言われ、流してもらうことに決めたのだ。

ところが一緒の写真を選ぶことに熱中するあまり、高校以降の写真を提出し忘れていた。

そのため、追加の写真を早めに持って来てください、というのが急用の内容だ。

『お婿様の大学卒業を待ってご結婚とか。お若いのにおふたりとも本当にしっかりしていらして、羨ましい限りです。実は、私も姉さん女房になるのが夢なんですが……これがなかなか』

女性は七瀬たちのことを必死で持ち上げようとしていた。

だが彼女の口調から、一年早く社会に出た七瀬が恵太の卒業を待っていた、と誤解している感じがする。

ブライダル担当者はふたりが同級生であることを、今日たまたま同席することになった司会者にはまだ伝えていなかったらしい。

司会者の女性は、ニコニコしながらさらに言葉を続ける。

『ひとつ上の女房は金《かね》の草鞋《わらじ》を履いてでも探せ——なんて言いますものね。あ、ちょっと古かったですか？　でも、ご両親様やご親族様なら納得してくださるかも。どこかでこのセリフも入れちゃいましょうか？』

お願いだから年上だと強調しないでください……と言いたいのに言えない。

客商売の悲しさか、とりあえず愛想笑いを浮かべてしまう自分が情けなかった。


七瀬は幼稚園のころまで、彼女と恵太の誕生日は一日違いだとばかり思っていた。

幼稚園では月ごとに誕生日会をする。折り紙で作ったレイを誕生日の子にかけてあげたり、ハッピーバースデーの曲を歌ったりした。

そんな中、恵太は四月生まれなのに、なぜか三月生まれの子たちと一緒のグループになっている。

年長組で六歳になったお祝いをしたとき、七瀬は『恵太くんも一緒にお祝いしようよ』みたいなことを言って、檀上に引っ張り出した。

だが恵太は『僕は五歳だよ』と言ったのだ。

どうして同じ四月生まれなのに、恵太は同じ歳ではないのだろう?

それは小学生になってからも、七瀬が抱え続けた疑問だった。


『――その辺りはお任せします』

相手に嫌がってることを感じさせずに、どうやって断ればいいだろう。七瀬がそう考えていたとき、横から恵太が返事をした。

任せてしまって本番で本当に言われたらどうするのだ。

彼女は必死になってサインを送ったが、鈍い恵太が気づくはずもない。

『それじゃ、今日はこれで失礼します』

そそくさと話を切り上げ、七瀬の手を握るとブライダル専用カウンターの正面にある玄関から外に出たのだった。

「今日はいきなり顔を合わせたから、ほとんど情報が入ってなかっただけだろう？　今度会ったときも誤解したままなら、そのとき言えばいい」

「だったら、今日言ってもよかったじゃない。誤解なら、早く正しい情報を伝えてあげたほうが、向こうのためでもあるわよ」

「一生懸命、ヨイショしてくれてるのに、いちいち言うのも悪い気がして……」

恵太の言葉にカチンときた。

（そんな気遣いができるなら、あたしにもしてよ!!）

頭を冷やそうと思っていたことなど、綺麗さっぱり消えてしまう。

「年上年上って……あたしたちは同級生じゃない。言っとくけど、あたしは恵太より年上のつもりなんかないから！」

普通、同級生と聞けば同じ歳だと思う。

（誕生日が一週間しか違わなくても、先輩に向かって『同じ歳ですね』なんて、普通言わないでしょ）

七瀬は口の中でブツブツと付け足す。

どうせ恵太は何も言い返す気はないんだろう、そう思っていたのだが、今回は違った。

「つもりがあろうがなかろうが、おまえが一年早く生まれたことは事実じゃないか。それでも俺たちは、同じ歳って言っても間違ってないと思うけど。でも、丸一年違うのも本当だしな」

言い返されたことに七瀬はムッとした。

今、それを言うなら、昨日の恵里香にも言い返して欲しかった。

来月には七瀬と結婚するから、相談に乗れるかどうかはわからない——くらい言ってくれても罰は当たらないと思う。

「じゃあ、恵太もあたしが年上だからって何か期待してるわけ？」

「……いや」

「ひとつ上だから、包容力があるはず、とか？　まさか、浮気しても許してくれる、なんて思ってないよね？　エッチも……恵太の好きにさせてくれる、みたいな」

「いい加減にしろよ！　包容力どころか、おまえって俺のこと疑ってばかりじゃないか。ちょっとなんかあったら、浮気浮気って。エッチにしても年上らしさなんて欠片《かけら》も……」

そこまで言って、恵太は口を閉じる。

七瀬は泣きそうになるのを必死に我慢して、ソッコーで回れ右をした。

☆　☆　☆

七瀬にとって年齢差が気になり始めたのは、中学三年になってすぐのことだった。

恵太への恋心に自覚が芽生えると、同じ学年なのに一年のうちで同じ年齢でいられるのは一日だけ、という事実にプレッシャーを感じ始める。

いっそ、一学年上なら割り切って先輩風を吹かせられるのに、とすら思った。

ちょうどその時期、どうして三月三十一日ではなく、四月一日で区切られているのか、という話を先生が授業中に始め、その例として七瀬と恵太の名前が挙げられた。

教育法で、満六歳になった翌日以降に迎える最初の四月一日に義務教育が始まる。そして法律では、生まれた日を一日目と計算するため、誕生日の前日に満年齢に達することになるという。

わざわざみんなの前で、この学年では一番上が七瀬で、一番下が恵太だと言われた。

中学生のころは男女が隣に並ぶだけでも、冷やかしの対象になる。ただでさえ、巫女として神社を手伝うこともある七瀬は、恵太との仲をいろいろからかわれていた。

『同級生の男子って、あたしにとっては全員年下だから！　一番下の愛川くんなんて、後輩みたいなもんよね。彼氏はやっぱり年上がいいな。高校に行ってから、素敵な先輩を見つけようーっと』

照れもあってわざと恵太に聞こえるように言った。

すると当時から空気を読まない恵太は、『またフラれないようにしろよ』なんて、ボソッと言い返してきたのだ。

とたんに教室の中は、バレンタインに突撃して玉砕《ぎょくさい》した七瀬の失恋話で持ちきりとなってしまい……。

「そうよ！　あのときだって、恵太のせいで――北村は嶋村《しまむら》先輩にコクってフラれたって、言われ続けたんだから！」

七瀬はドンッとテーブルを叩いた。その衝撃で、三個置かれたアイスコーヒーのグラスが揺れ、そのうちの一個が倒れそうになる。

ランチタイムを終えた準備中の店内、友人ふたりから結婚祝いのホットプレートセットをもらい、お礼を言ったあと……愚痴タイムに突入している。

「だから言ったのよ。もっとじっくり付き合ってから結婚決めろって。ただでさえ、愛川は読めない男なんだから」

さばさばした口調で言いながら、七瀬の前に座る葛城月音《つきね》は倒れそうになったグラスをサッと持ち上げた。

月音は七瀬と同じ商業高校に進み、卒業後は地元の建設会社に就職した。今も同じ町内で親と同居中ということもあり、七瀬とはそれなりに行き来している。

彼女はつい最近、高校時代から伸ばしていた髪をいきなりショートに変えた。原因は失恋みたいだが、七瀬と同じくあまり人に語りたがらないタイプなので、真相は藪《やぶ》の中だ。

「読めないって?」

「アイツって、一年の二学期の終わりくらいに陸上部に入ったじゃない。なんでも最初はバスケに入ろうとしたらしいよ」

そこに横から口を挟んできたのが、もうひとりの友だち、山崎葵《あおい》だった。

「知ってる知ってる。あのころの恵太くんって、身長一六〇くらいだったでしょ。うちの男子バスケって荒っぽいのが多くて、チビは体操部に行けって追い払われたって話」

「それって酷い！　たいして強くもないくせに、何様よ!?」

七瀬が憤《いきどお》ると、慌てて葵が言い足した。

「あ、でも、恵太くんも、何がなんでもバスケをやりたいってわけじゃなかったみたい。すぐに陸上始めたし……」

「だから、わからない奴って言われてたのよ。まあ、足はそこそこ速かったし、短距離も長距離も器用にこなしてたみたいだけど。でも、七瀬って意外と自分の旦那のこと知らないんだ」

月音はニヤニヤしながら言う。

「まっ、まだ、旦那じゃないからっ」

叫ぶように答えたあと、七瀬はアイスコーヒーのグラスを摑み、残った中身を一気に啜った。

「まあまあ、一年から二年にかけての七瀬って、嶋村先輩ひと筋だったもんねぇ」

「葵、それはっ」

アイスコーヒーが気管に入り、ケホケホと咳《せ》き込む。

中学一年の今ぐらいの時期から、神社の手伝いをするようになった。周りに変な目で見られないようにと思い、できる限り恵太から離れていた。

今になって思えば、恵太を好きにならないように、その代わりに――嶋村を好きになろうと努力していたような気がする。

七瀬は立ち上がってカウンターに近づくと、グラスに水を注いでゴクゴクと飲んだ。

「でも、恵太くんが読めないのは高校でも同じだったなぁ。ほら、中学卒業するころには身長も伸びて一七五くらいになってたでしょ？　陸上の成績もよかったから、入学したときはずいぶん体育系の部から誘われてたけど……三年間ずっと帰宅部だったはず」

葵は成績もよく、恵太と同じ市内でトップクラスの県立高校に進んだ。

国立大学を目指していたが、父親の失業で進学を断念。今は三歳上のお姉さんと一緒に花屋を開いて、フラワーコーディネーターの資格も取って頑張っている。

パッと見は良家のお嬢様みたいで、ふわふわしたイメージを持たれることが多い。だが中身は、七瀬の倍以上苦労しており、人生経験も豊富だ。

「大学受験に向けて、勉強してたんじゃない？」

「それがね……恵太くん、塾には通ってなかったって聞いた。七瀬は何か知ってる？」

ふいに話を振られ、七瀬はゆっくりとうなずいた。

「高校から神主の修行に本腰を入れ始めたみたい。長期の休みは、いつも他の神社に泊まり込みで修行に行ってたし……」

高校受験のときから、親に経済的な負担をかけたくないと言って学習塾にも通っていなかった。大学受験のときも予備校も家庭教師も頼らず、夜遅くまで勉強していた。

恵太は一度決めたら絶対に揺るがない。

一年前に恵里香と会ったことも、後ろめたいことをしたから言わないのではなく、何もないから言いようがないのかもしれない。

あるいは、まったく違うことが理由で言えない可能性もある。

「愛川は超がつくほど真面目な堅物だからね。早めに謝っとかないと、一度アイツのほうから婚約解消って言い出したら、修復不可能かもよ」

月音はグラスからストローを抜き、七瀬を指してクルクルと回した。それを見ていると、急に背中の辺りがモゾモゾしてきて……。

今すぐ、恵太に会いたくなった。

☆　☆　☆

『それ、やるよ』

今年の三月三十一日、場所はほとんど人の来ない神社の裏。恵太は相変わらずぶっきらぼうな態度で、七瀬に赤いケースを放り投げた。

中に入っていた婚約指輪は、今、左手の薬指に収まっている。

その同じ場所に立ち、七瀬は大きくため息をついた。

木々が生い茂っていて昼間でもちょっと薄暗い場所だ。罰当たりにもチカンが出没するらしく、警察も重点的に巡回している。

ただ、直射日光が当たらない分、夏はとても涼しい。そして、虫よけスプレーが必須の場所だった。

そういうプラスとマイナスを天秤《てんびん》にかけて、デートに使うカップルがけっこういる。手を繋いだり、寄り添ったり、キスしたり……。

神社の裏には、私道を挟んで町内会の管理するグラウンドがある。グラウンドの隅には公衆トイレがあり、それがちょうど目隠しのようになっていた。

そう……四年前までは。

ちょうど恵太が実家を出てすぐのころ、グラウンドのトイレが別の場所に移動したのだ。

そうなると、神社の裏にあるこの林は、グラウンドから丸見えということになる。

それに気づかないのか、うっかり忘れてしまうのか……いまだにイチャつくカップルが後を絶たず、町内で噂になることもたびたびだ。

ちなみに、七瀬と恵太もこの春、その失敗をやってしまった。

婚約指輪をもらって嬉しくない女はいない。キスされて、つい、そのまま……。熱烈なキスの真っ最中を、下校中の中学生たちに見られてしまい、恵太は父親から大目玉を喰《く》らったのだ。

『これから宮司になろうという人間が、何をやっとる!!』

恵太の両親は七瀬には甘いので怒られることはなかったが、自分の母親からはこってり絞られた。

『結婚したら自分の責任は自分で取らなきゃならないのよ。いつまでも、若気の至りは通用しないの！　男が羽目をはずしそうなときは、女が止めないとダメじゃないの。恵太くんに神社は任せられない、なんて言われたらどうするの!?』

そうやって怒られている間、恵太はずっとテーブルの下で七瀬の手を握り締めてくれた。思わず頬が緩んでしまいそうになるのを、懸命に我慢していたことを思い出す。

（恵太は平然としてるんだもの。本気で反省してます、みたいな顔で）

あの日から、まだ三ヶ月ちょっとしか経っていない。

いつまでも、何があっても放さないつもりで恵太の手を握り返した。それが、こんなにも簡単に離れてしまうなんて。

（なんか……あたしたちって相性悪いのかなぁ）

柔らかな地面の上を歩き回りながら、七瀬は大きな樫の木にもたれかかり、

「はあああぁ……」

さらに大きなため息をついたのだった。


「ため息をつくたびに幸せが逃げていく……って、うちのばーちゃんが言ってたなぁ」

後ろから急に声をかけられ、七瀬は飛び上がるくらいに驚く。

慌てて振り返ったとき、そこに立っていたのは笑顔の優しい男性だった。

上背は恵太とあまり変わらない。年齢も同じくらいか。VネックのTシャツに夏用のジャケットを羽織り、紺のチノパンを穿いている。足元はスニーカーだ。大学生に見えなくもないが、落ちついた雰囲気は社会人のように思えた。

どちらにせよ、これまでの七瀬の人生で、あまり馴染《なじ》みのないイケメン男性だ。

（でも、恵太のほうが断然カッコいい……まあ、あたしにとっては、だけど）

七瀬が何も言わずに見つめていると、男性は爽やかな笑顔で近づいて来る。

まだ外は充分に明るい、しかも見通しのよくなったこの場所で、さすがにチカンではないだろう。

思い切り失礼な想像を巡らしていると、彼は口を開いた。

「ずいぶん物憂げな顔に見えたんだけど、ひょっとして、僕のことを思い出してた？」

「……はぁ？」

「〝セナ〟の北村さんだろう？」

声を聞いているうちに、七瀬は少しずつ思い出していた。

この神社の裏にはもうひとつ思い出がある。

八年前のバレンタインデー、中学二年の七瀬が先輩に告白した場所。チョコレートは突き返され、泣いていたときに白袴姿の恵太と出会い、自分の本当の思いに気づいたのだ。

人の記憶は、自分にとって都合のいい情報を選び、より鮮明に残すという。

七瀬にとって彼女をフッた先輩との思い出より、恵太とのやり取りのほうがクッキリ残されていた。

だが——。

「先輩？　ひょっとして、嶋村先輩ですか？」

「ああ、久しぶり。実はさ、ずっと君に会いたいと思ってたんだ」

嶋村はホッとしたように笑った。

七瀬は中学二年のとき、放送委員会に所属していた。そのときの委員長が嶋村健人《けんと》だ。

彼は同時に吹奏楽部の部長もしていた。クラシック音楽に詳しく、ピアノが弾ける嶋村に憧れる女子は多かったと思う。

その中のひとりが七瀬である。

一年の秋にあった校内音楽発表会で、ピアノを演奏する嶋村がキラキラと輝いて見えた。

二年になったとき、嶋村目当てで放送委員になることを希望した。

今思えば……そんな自分自身がかなり痛々しく、七瀬にとっての黒歴史に思えてくる。

あんなバカげたことをしでかした身としては、『ずっと君に会いたいと思ってたんだ』と言われたら、次に続くのは『君は本当に迷惑だったよ』くらいしか思いつかない。

「そ、その節は、いろいろとご迷惑をおかけしまして……」

七瀬が頭を下げようとすると、嶋村のほうが慌てて止めた。

「そうじゃないって。謝るなら僕のほうだろう？　あのときは本当に悪かった。せっかく作ってくれたチョコレートを、地面に捨てるような真似をして……。しばらくしてから、酷いことをしたって反省したんだけど、でもあのときはなかなか素直に喜べなくて……本当にごめん」

彼は両手を身体の横につけ、姿勢を正したあと、真剣な表情でお辞儀をした。

「とっ、とんでもないですっ！　いろいろ加減がわからなくて、今思えば、芸能人でも追いかけてる気分でした。先輩には恥ずかしい思いをさせてしまって、申し訳ありませんっ!!」

七瀬も手を前に揃えて、嶋村より深く頭を下げたのだった。

友だちから聞かれたとき、〝好きな人〟の名前を答えられるのが嬉しかった。

キャーキャー騒いで、『ピアノを弾く姿がカッコいい』『放送中の横顔が最高』なんて言い合えることが楽しかったのだ。

バレンタインのチョコレートも、先輩にあげるという理由がなければ作ることなどできない。他の友だちは、父親に手作りチョコレートをあげる、という名目で秘密のチョコレートが作れた。でも、七瀬にその手は使えなかった。

バレンタインの意味を知ったのは、いつだっただろう？

最初にそのことを知ったとき、七瀬の胸に浮かんだのは恵太だった気がする。

小学校の運動会の学年リレーで同じチームのメンバーから、『七瀬が遅いから勝てない』と言われたことがあった。さらに、プレッシャーに弱い彼女は本番で転んでしまい……。でも、アンカーの恵太が前にいた走者をごぼう抜きにする活躍をしたおかげで、チームは一着だった。

そんな恵太にチョコレートをあげたいと、毎年思っていたのだ。

その特別な思いにふさわしい言葉が、嶋村にフラれるまでわからなかった。

「そんなに謝られると、余計にショックなんだけどなぁ」

いつの間に頭を上げたのか、嶋村は困ったように笑っている。

「は？」

「君ってさ、緋色の巫女袴を穿いて、ここの神社を手伝ってたよね？」

「あ、はい。こちらの神主様と奥様にはとてもお世話になったので……」

四歳の七瀬を連れて、母がこの町で喫茶店を始めたのは二十六歳のときのこと。まだ若く、不慣れな母を何かと気遣い、町内の人たちと仲よくやれるように取り計らってくれたのが恵太の両親だった。

恵太の父は、

『それが神職にある者の務めだからね』

などと言うが、やはり人柄だろう。

「見かけるたびに感心してたんだ。僕と同じくらいの歳で巫女さんなんて……すごいなって」

「そ、そんな、感心なんて。だって、他にもお手伝いに入ってた巫女さんはいましたし。ほとんどが神主様の親戚の方でしたけど……あ、町内の人もいた気がします」

七瀬はとくに勉強をした正式な巫女ではない。おみくじやお守りを売ったり、境内を掃除したり、それくらいのことしかできない。

ただ、中には巫女の衣装を着ているだけで、特別な視線を向けてくる男性もいて……。

「ああ、いや、そういう意味じゃないよ。なんて言うか、学校の制服とは違うだろう? 凛《りん》としているのに、しとやかな女性らしさも感じる」

「それは、まあ……」

七瀬自身、恵太の白袴に惹かれたからよくわかる。

「でも、さっきも言ったとおり、巫女はあたしだけじゃなかったし……」

「だから衣装はきっかけだよ。他の巫女さんの場合、コンビニのバイトと中身は変わらない気がした。でも君は、ここの息子さんと社務所に並んで座ってても、ひと言も無駄話をしてる感じじゃなかった。だから、そんな君に好かれてるって聞いたとき……本当は嬉しかったんだ」

信じられない気持ちで嶋村の顔を見る。まさか、昔の腹いせに七瀬をからかって笑い者にしよう、という魂胆なのだろうか。

そんな意地悪な想像までしてしまう。

「あ……ありえませんよ……そんなこと」

どうにか声を出すが、それ以上なんと言ったらいいのだろう。

「君が気になるって男子は僕の周囲にも何人かいたよ。他の学年はちょっとわからないけど」

「そ、そ、そう、言われ、ましても」

「僕が一浪して関西の大学に入ったのは知ってる?」

いきなり話が飛んだ気がして、七瀬はぶんぶんと首を横に振った。

滑り止めの私立高校は落ちたが、本命の県立高校に受かった、というところまでは知っている。

「教育学部のある市内の国立を目指したんだけどダメでね。でも、入った大学で教員免許を取って、今年の春から僕たちが通った中学で教師をやってるんだ」

「母校の先生になられたんですね。おめでとうございます!」

言われてみれば先生っぽい格好かもしれない。

しかし、肩書きというのは不思議なものだ。ひょっとしたら危険人物かも、と思っていたのが、先生と聞いたとたん信用してしまいそうになる。

「うん、ありがとう。今日は用事があって小学校に行ってきて、その帰りになんとなく神社に足が向いたんだ。……そうしたら、北村さんがいた」

嶋村の言葉はとても柔らかくて、七瀬の胸にスルリと溶け込んでくる。

グラウンドで野球の練習をする子供たちの声、道路を走る車の音、さっきから繰り返し聞こえてくる犬の鳴き声——その全部が少しずつ小さくなっていく。

それくらい、七瀬の鼓動は激しくなる一方だ。

嶋村は何を言う気だろう?

しだいに甘やかになっていくふたりを取り巻く空気に、七瀬の身体は硬直する。

「何かの運命を感じない? 八年前に戻って、チョコレートを受け取るところからやり直せないかな?」

「それは……それは……」

(先輩の勘違いです! あたしの運命の相手は恵太なんですってば!)

心の中で叫んだ言葉をそのまま口にしようとした、そのとき——。

「七瀬、おまえ何やってんだ?」

神社本殿のほうから恵太の声がして、慌てて振り返る。

別に悪いことをしていたわけではない。恵太に会いたくてここまで来たら、偶然、嶋村と再会しただけだ。

そう言おうと思ったが……。

「あれ？　ブラバンの部長をしてた嶋村先輩ですよね？　やだ、こんなとこで北村さんとデートですか？」

　恵太の横に寄り添う恵里香の姿に、七瀬は何も言えなくなった。

（三）

　グラウンドから大きな声が上がった。

　野球少年たちの練習終了の挨拶の声に、七瀬はハッと我に返る。

「そ、そっちこそ。加藤さんと、なんでこんなとこに……」

　七瀬が尋ねると、恵太を押し退けるようにして恵里香が答えた。

「だって、ご両親の前で内緒の話はできないでしょう？　ああ、そうだ……神主様に聞いたわよ。あなた、恵太と婚約したんですって？」

　恵里香の言葉を聞いた瞬間、七瀬の隣に立つ嶋村の気配が変わった。

「恵太も人が悪いじゃない。昨日のうちに言ってくれたらよかったのに。それとも、私に知られたくなかった、とか？」

「いや。——七瀬、俺が聞いてることに答えろよ」

恵里香のことは無視するようにして、恵太は嶋村と七瀬を交互に見ている。

偉そうな態度にムッとしつつ、

「何もやってないわよ。嶋村先輩……あたしたちが出た中学の先生になったんだって。偶然会ったから、その話を聞いてただけ。あ、先輩、覚えてますか？　この神社の息子さんで……愛川くんです」

七瀬は嶋村に向かって営業スマイルを作り、わざとらしく恵太のことを苗字《みょうじ》で呼んだ。

そんな彼女に怒っているのかどうか……恵太はもともと感情の起伏が乏しいのでよくわからない。

彼はいつもどおりの仏頂面で、

「愛川です」

それだけ言って頭を下げる。

「ああ、もちろん覚えてるよ。嶋村です、どうぞよろしく。そんな格好をしているところを見ると、今は愛川くんがこの神社の神主さんってことかな?」

帰って来てから着替えたのだろう。上は白衣、下は浅葱色の袴姿だった。

神職は階位以外に身分と呼ばれる等級がある。この身分で装束の色が決められており、卒業前の身分は四級だった。今の恵太は三級だが、袴の色は四級と変わらない。二級に上がると鮮やかな紫色の袴になり、さらに恵太の父のような二級上だと、丸紋の入った濃紫の袴になる。だが、そこにたどり着くのは年功序列の神社界においては遠い道のりだ。

「はい。今年大学を卒業して、宮司となりました」

「じゃあ、同じ新米だな。いずれ学区の会合で顔を合わせるときもあるだろうし、仲よく頼むよ」

嶋村は親しげに声をかけるが、恵太のほうはどう見ても友好的とは言えない顔だ。

「それで……北村さん、彼と婚約してるって、本当？」

ふいに話を振られ、七瀬はドキッとした。

これではまるで、婚約者がいることを黙ったまま、嶋村と結婚前の火遊びをしようとした、と思われかねない状況だ。

七瀬はどうにか平静を取り戻しつつ答える。

「来月……結婚する予定です」

なんとなく『結婚します！』と言いきれなかった。

宣言してしまうのが、怖かったと言えばいいのか。どうにも扱いづらい感情だ。

「だけど、結婚は急いでするものじゃないわよ。とくに、恵太なんてまだ二十二じゃない。男の人には早過ぎると思いません？　ねえ、嶋村先輩」

恵太と七瀬が牽制《けんせい》し合って黙り込むため、その隙をつくようにして、恵里香が口を挟んでくる。

急に話を振られた嶋村だが、彼は鈍い恵太とは違った。恵里香の言葉には毒が含まれている。そのことに気づいたらしい。

「結婚はしようと思ったときが適齢期だと思う。人にはそれぞれ事情があるもんだよ」

当たり障りのない言葉で流そうとしてくれる。

ところが、恵里香はひと筋縄ではいかないタイプだった。

「ああ、そういうこと。それもそうね、神主様って言っても男だもの。立場上、責任逃れってできないわよねぇ」

「いや、そういう意味で言ったんじゃないよ。僕はただ……」

嶋村は『事情』の意味を訂正しようとしたが、ここまで言われて、黙っていられる七瀬でなかった。

「言っとくけど、デキ婚じゃないわよ。あなたと違って」

七瀬の反撃に、恵里香もすぐに言い返してきた。

「私がいつそうだって言ったのよ」

「昨日、恵太が言ったじゃない。結婚したのかって。去年あなたと……会ったときに結婚のこと聞いてたら、そんなこと言わないわよ」

うっかり『デートしたとき』と言いそうになる。

少しはダメージを与えられたかと思ったが、

「相変わらず鈍いわねぇ。初恋の男性に、自分からわざわざ結婚の話なんてするわけがないじゃない。あなただってそうでしょう?」

それどころか、きついカウンターパンチを喰らう。

恵里香のほうは勝ったとばかり、フフンと笑っていた。

「違うわよ！　あたしはたった今、話そうとしてたの。そっちが邪魔しにきたんじゃない！」

「あとからなら、なんとでも言えるわよ。第一、あなたたちって、結婚を間近に控えて幸せいっぱいって顔してないじゃない」

七瀬はグッと言葉に詰まる。

自分たちは相性が悪いのかもしれない。そう思ったことが心に浮かび、胸の奥が痛くなった。

「北村さんって、嶋村先輩が初恋なんでしょう？　だって、ブラバンの練習を見学したり、同じ委員会に入ったり……バカみたいに必死だったじゃない。その先輩にフラれたから、手近なところで決めただけなんじゃないの？」

初恋だと思い込んで、浮かれてはしゃいでいたのは事実だ。

嶋村本人に、バカなことをしていた、と笑われても仕方ないと思う。でも、どうして恵里香に言われなくてはならないのか。

「私の初恋はねぇ、恵太だったのよ。白い袴姿を見て、他の男子とはどこかが違うって思ってたの。――ねえ、恵太、やめるなら早いほうがいいわよ」

「ちょっと待って。何をやめろって言う気？」

「決まってるじゃない。離婚より婚約解消のほうが断然楽って話よ」

あまりにも酷い言い草に、七瀬はカッとして頭に血が上った。

「変なこと言わないで！　離婚って……それって自分のことなんじゃないの？」

「どういう意味かしら？」

「だって……里帰り出産ならわかるけど、普通、生後三ヶ月くらいの、まだ首も据わっていないような赤ちゃん連れて帰ってくる？　急用なら、実家に内緒って言うのが変じゃない。ご主人の休みに合わせて帰省したっていうなら、なんでご主人は一緒じゃないのよ」

すると、どうしたことか恵里香の反撃がピタッと止まった。

どうやら、痛いところをついてしまったようだ。

七瀬は本来、人の弱みをつくような真似は嫌いだ。社交的ではないし、可愛げのあるタイプでもないが、誰とでも仲よくしたいという思いに嘘はない。

恵里香は明らかにこの話題を嫌がっている。

もう、この程度で切り上げようと思いつつ……。

「ひょっとして、自分のほうが離婚の危機に瀕してる……とかだったりして」

「七瀬、もうやめろ」

恵太は恵里香を庇《かば》ったのだ。

その事実が、七瀬の心を黒く染めていく。

「言い出したのはそっちじゃない！　なんで、あたしを止めるのよ!?」

「それは……」

いつものように黙り込む恵太に怒っているわけではない。

ただ、悔しかった。

真面目なだけじゃなく一本筋が通っているところや、白袴を穿いたときの誰より凜々しい恵太のこと――知っているのは七瀬ひとりだと思っていた。

去年のことも気にかかる。彼女の相談というのも不安で堪らない。それなのに、過去の恵太まで奪われるなんて、そんなことは許せなかった。

七瀬の気持ちがドンドン沈んでいきそうになったとき、

「うーん、参ったな。ちょっと落ちつこうか、北村さん。正直に白状するとね、僕は君たちが婚約していることを知ってたんだ」

唐突に明るい嶋村の声が響いた。

「……は?」

「知らなかったことにして、あわよくば、なんて……いやいや、冗談だよ、冗談。これでも教師だから、そんな不道徳な真似はしないさ。ただ、そこの彼女が言ったように、結婚間近だっていうのに大きなため息をついてるから、なんか心配になってね」

からかわれていたのはショックだが、真剣に告白されて断る、という事態にならずホッとしていた。

恋愛スキルの低い七瀬なら、さらに面倒な状況に自分で自分を追い込んだことだろう。

「ああ、そうだ！　今は吹奏楽部の顧問なんだけど、夏休みの大会に向けて、明後日の土曜に特別練習があるんだ。よかったら、見に来ないか？　そっちのふたりも……どうかな？」

声をかけられ、恵里香はぎょっとしたような顔をする。

「私……小さい子供がいるんです。今は……その……実家の母が、見てくれてますが。それに、明後日までこっちにいるかどうかわかりませんし」

恵里香が離婚してO市に帰ってきたらどうしよう。そのことを本気で心配していた。でも、ちゃんと東京に戻るつもりなのだ。

七瀬は密かに胸を撫で下ろす。

一方で、

「土曜は祈禱の予約が入っているので……申し訳ありません」

恵太はそんなことを言いながら断ってしまう。

「君ひとりでもいいよ、北村さん」

「あたしは……」

「土曜は店があるだろ？　それに、おまえは吹奏楽部の先輩ってわけじゃないんだから、行っても役には立たない。邪魔になるだけだ」

どうしてこう、言って欲しくないことばかり口にするのだろう。恵太の七瀬に向ける言葉には、苛立ちしか覚えない。

（あたしが言って欲しい言葉は、十回に一回も言ってくれないくせに）

七瀬は恵太の言葉を無視した。

「じゃあ、あたしひとりで見学に行かせていただきます！」

そう答えた瞬間、彼女に背を向け、遠ざかる恵太の足音が聞こえたのだった。

☆　☆　☆

中学校に来たのは何年ぶりだろう。恵太はグリーンのネット越し、運動場を見つめて目を細める。

小さいころから走るのは速かった。だが、とくに好きなわけではなかった。陸上部に入ったのは、本音を言えばかなり不純な動機だ。こうして部活に励む後輩たちの姿を見ると、どうにも後ろめたいものがある。

『じゃあ土曜の十一時に。音楽室じゃなくて、体育館のほうで練習してるからね』

背中越し、少し大きめの嶋村の声が聞こえた。

あれはたぶん、恵太に聞かせたくて言った言葉に違いない。

幼稚園に入る少し前、神社の隣にある公園で恵太が友だちと遊んでいると、見知らぬ子供に出会った。

彼より少し背が高く、ズボンを穿いて短い髪をしていた。『ななせ』という名前から、男の子だとばかり思い、恵太は仲間に入れてあげたのだった。

その後、二年保育の恵太が幼稚園に入ったとき、そこに七瀬がいた。先生から『ななせくん』ではなく『ななせちゃん』と呼ばれているのを聞き、びっくりしたのを覚えている。

誕生日のこともそうだ。一日違いだと信じていたのは七瀬だけではなかった。

自分のほうが一日早いと信じていた恵太にとって、三六四日も遅かったと知ったときのショックは、言葉にできるものではない。

小学校に上がり、しばらくは七瀬も一緒に遊んでいた。特別に仲よしというわけでもない。家が近くで、母親から『仲よくしてあげなさい』と言われたからだ。

そのころの恵太が思い浮かべる女の子とは、ちょっと何かあると機関銃のように言葉を浴びせてきて、そのくせすぐに泣き出す、どうにも面倒くさい生き物だった。

ケンカをして女の子が泣いたら、必ず男の子が怒られる。どっちがいいとか悪いとか、一切関係ない。正しくても、間違っていても、女の子を泣かせた時点で男の子は負けなのだ。

それがわかり始めると、しだいに男女は離れてグループを作るようになる。ちょうど、小学校の中学年辺り、『女の子』という呼び方が『女子』に変わり始めるころのこと。

だが、七瀬は泣かない女子だった。

彼女をからかい、髪を引っ張った男子は手に嚙みつかれた。スカート捲りをした奴は水筒で殴られたという話もある。もちろん、どちらも恵太ではない。

口ゲンカでも容赦がなく、言葉で敵わなかったら手が出るタイプだ。さらに言えば、自分のときだけでなく、友だちが泣かされたときも同じように立ち向かっていく。

間違っても七瀬自身が涙を零したところを見たことはない。

そんな彼女だが――実は、かなりの運動オンチだ。

球技はほぼ全滅。サッカーの空振りにとどまらず、バレーとバスケットでは顔面にボールを受けたことがある。水泳はカナヅチに近く、平泳ぎではひと掻きごとに水中に沈んでいくのだ。

恵太にすればわざとやっているようにしか見えず、どうにも不思議でならない。

そして彼女にとって一番の苦手が、走ること、だった。

ふたりの通った小学校の運動会には徒競走がない。クラス全員を四組に分け、リレー形式で順位を競った。

五年のとき、勝ち負けにこだわるようになったクラスメートの数人から、『北村がいるから絶対に勝てない』という声が出た。

平気な顔で聞き流していた七瀬だったが、運動会本番、彼女はリレーで転んでしまう。

恵太の周りからはため息が漏れた。だが、七瀬は立ち上がり、全力で走りきって次の走者にバトンを渡したのだった。

それだけでも感嘆に値するが、膝をすりむいていたのに痛いとも言わず、聞こえよがしの嫌味にも毅然とした態度を崩さない。

ここで七瀬が泣いたら、きっと女子たちは慰めただろう。男子も何も言わなくなったはずだ。でも、七瀬は泣かなかった。

彼女は手の甲に爪を立て、痕《あと》がつくほど捻《ひね》っていた。それでも堪え切れないと思ったのか、次には指を食い千切る勢いで嚙んでいた。

どうしてそこまで泣くまいとするのか、恵太にはその姿がやけに眩しくて……。

『俺が抜き返してやる』

七瀬に向かって、そんなふうに言っていたのだ。

そのころには、恵太は七瀬とほとんど話さなくなっていた。それなのに、自分でもどうしてあんなことを言ったのかわからない。

ただ、言った以上はやらなくてはならない。

一周だったら決して抜けなかったはずだ。だが幸運なことに、アンカーは二周走るという決まりがあった。そのおかげで、恵太はカッコつけただけの嘘つきにならずに済んだのである。

七瀬の本質は弱いのだと思う。だが、その弱さを決して見せない。それは結果的に強いということなのだろうか？

大きな疑問を抱えたまま、ふたりは当然、同じ中学へと進んだ。

初めて七瀬とクラスが別になり、教室の中から彼女の姿は消えた。それがわかっていながら、ふと気づけば、教室の中に彼女の姿を探している。

恵太の気持ちに大きな変化を与えたのは、七瀬が巫女姿で秋に行われる例祭《れいさい》を手伝ってくれたときだった。

『中学生になったらお願いねって頼んでおいたのよ。巫女さんの格好をした七ちゃん、可愛いわねぇ。ね、恵太もそう思うでしょ』

母は恵太に同意を求める。

ここは適当にうなずいておけばいい。そう思って何気なく七瀬のほうを向き、恵太は固まった。

周りから可愛い可愛いと言われて恥ずかしいのか、七瀬の頬がピンク色に染まっている。

彼女の私服といえば、冬はジーンズ、夏はショートパンツが定番だった。緋色の袴でこんなにも印象が変わるとは、恵太の想像を遥《はる》かに上回っている。

恵太が何も答えられずにいると、

『もう、うちの子ったら照れちゃって。七ちゃんの巫女さん姿に惚れちゃったのかしら?』

くだらないことを言いながら、母は呑気《のんき》に笑っている。

その母の口を力尽くで閉じさせたいと思ったのは、あのときが初めてだった。

あの日以降、恵太は七瀬のことが気になってどうしようもなくなった。勉強中もふとした瞬間に考えている。グラビアアイドルの顔を見ていても、気づいたときには七瀬にすり替わっていた。

そして二学期の終わり、恵太はひとつの決意を胸に、陸上部に入部した。

だがその翌年、二年に進級してすぐ、七瀬の恋の噂を聞く羽目になり……。

グリーンのネットをなぞるようにして、恵太は体育館の前を通り抜けた。正面に見える校舎の脇を抜けると奥にはプールがある。

実は、運動場の一部分を眺めるのに一番適した場所が、このプールに上がる階段の踊り場だった。

八年前のバレンタインデー前夜、恵太は二階の部屋から道路を挟んだ七瀬の家を見ていた。すると、なぜか七瀬が母親の目を盗むようにして、神社まで駆けてきたのだ。

彼女は拝殿の前に立つと手にした袋から何かを取り出し、拝殿の隅に置いた。

身を翻して入り口まで走り、鳥居をくぐると拝殿まで戻ってくる。そしてそのたびに、袋から取り出した何かを置き――。

彼女がお百度を踏んでいると気づくのに、そう時間はかからなかった。

小一時間もそんなことを繰り返し、七瀬は家に戻って行った。

そのあと、恵太は音を立てないように階段を下りた。外に出て、拝殿の隅に盛られた小石を見たとき、どうしようもなく打ちのめされたのだ。

(七瀬の願いが叶うように。一緒に祈ってやるのが、神職を目指す者のあるべき姿だよな……)

そう思って祈願してやろうとするが、恵太にはどうしてもできない。

それどころか、七瀬の告白が上手くいきませんように、自分のことを好きになってくれますように、ずっと一緒にいられますように――気づいたときには、そんな不埒《ふらち》な願いごとにすり替わっていた。

プールの建物、打ちっ放しのコンクリートの壁が目に映る。

階段を見つけてゆっくりと上がっていく。

(七瀬には時効だって言ったけど、俺の願いごとまで時効にしないでくれよ……神様)

階段の踊り場には、青いボーダー柄のTシャツと白いサブリナパンツ姿の七瀬がいたのだった。

☆　☆　☆

中学時代、嶋村のことは正面から堂々と応援できた。

でも、七瀬が恵太の練習風景をチラッとでも見ようと思ったら、人目につかないプール脇の階段までくる以外になかった。

だが、ここから見えるのは陸上部が練習しているグラウンドの一部分だけ。陸上部員をこっそり応援している人間以外、普通は誰も来ない場所。

七瀬はつい、嶋村が待っているはずの体育館を素通りして、こんな奥まで入ってきてしまった。

(卒業生だし、先生に呼ばれたんだし、いいよね?)

視線の先では、体操服を着た生徒が数人走っている。走ることが苦手な七瀬にすれば、何が楽しくて淡々と走っていられるのか、さっぱりわからない。

昔も同じことを、恵太が走る姿を見ながら思っていた。

(でも、なんでバスケ部に断られて陸上部？　恵太って昔からわけわかんないよね)

月音は『読めない男』と言っていたが、まさにそのとおりだ。

だが、七瀬自身もおかしいと言えばおかしい。嶋村のことが好きで追いかけていたくせに、たまにここに来ては、恵太の練習をそっと見ていたのだから。

そんな七瀬の姿を恵太は知らない。

バレンタインのチョコレートを受け取ってもらえますように、と願かけをしていた、あのときの七瀬を見て好きになったと言っていた。

でも、嶋村にはチョコレートを渡すこと〝だけ〟しか考えていなかった気がする。

嶋村が受け取ってくれたら、今度は恵太のために作ったチョコレートを『余ったから』と言って渡そう。そしてずっと言えずにいた、五年生の運動会のお礼を言おう。

(——なんて思いながら、今もお礼言ってないし。あーあ、あたしたちって、中学のときから全然成長してないよ。ホントーに結婚できるのかなぁ)

コンクリートの手すりに胸を押しつけるようにもたれかかる。

その七瀬の身体に、誰かが背後から覆いかぶさった。

「きゃっ⁉　ちょっと、何するのよ！」

一瞬、嶋村の悪戯かと思った。

だが、さすがに仕事場でふざけた真似はしないだろう。だとすれば、男子生徒のしわざかもしれない。もしそうなら、強気に出てやめさせなくては……。

「騒ぐなよ。人が来たらまずい」

「け、けいたぁ⁉」

「俺じゃ不満か？」

「そうじゃなくて……。祈禱の予約が入ってるから、来られないって言ってたじゃない」

恵太がスッと七瀬から離れた。

思ったとおり、憮然とした顔でこちらを見ている。

「嘘に決まってるだろ。俺が行かないって言ったら、おまえもやめるかと思って……。俺と婚約してるのに、なんで他の男に誘われてホイホイやって来るんだ⁉」

「あたしと婚約してるくせに、加藤さんとホイホイ会ってるのはどっちよ‼」

一昨日はどうなったのだろう？

あのあと、彼女の相談に乗ってあげたのだろうか？

気になるけれど、昨日は電話もかけなかった。七瀬からかけないと、恵太はかけてこない。わかっていても、七瀬から折れるのは嫌だったのだ。

恵太は少し弱気な顔をして、大きな息を吐く。

「去年会ったのは、本当に偶然なんだ。でも、なんか問題を抱えてる感じだった。そのすぐあとに、親父が倒れたって連絡があって……それきりだよ」

ポツポツと呟くように話す恵太を見ながら、七瀬も息を吐いた。

「加藤さんって、二月生まれだって知ってる？　節分の日って言ってた気がする。彼女だったら、恵太と同じ歳だよね」

「学年で一番下……ずっと好きだった女からそんなふうに言われて、喜ぶ男はいない。たとえ中坊でもな」

七瀬の横に立って手すりにもたれかかり、ついさっき彼女がしていたのと同じポーズを取る。ただ、七瀬の胸の位置が、恵太の場合は腹筋辺りになるが。

「ず、ずっと、って……前、お百度を踏んでるとこを見てって……」

「あれはショックだった。そこまでして、付き合いたいのかって」

「違う！　あ、あたし、先輩に、付き合ってくださいなんて、言ってないよ。受験頑張ってくださいって。これからも応援してますって。そう言っただけ……」

その前に『先輩のことがずっと好きでした』って言ったかもしれない。

卒業したらお別れだから、気持ちだけは伝えておきたかった。でも、それだけだ。嶋村からのリアクションは初めから期待もしていない。

「いつから好きだったか、なんて、よく覚えてないな。ああ、おまえのことが好きなんだ、って思った瞬間ならある。中一の例祭で、おまえの巫女姿を見たときだな。あれ以降、ひとりエッチの妄想は全部おまえだったし」

「み、巫女ぉ？　ひ、ひとりエッチって……。なっ、何よ、神主様が巫女フェチでも問題ないわけ⁉」

七瀬は一瞬のうちに耳まで真っ赤になる。

妄想ということは、中学高校時代の恵太はあんな真面目な顔をして、裏で七瀬の裸を想像していたのだ。

「おまえだって俺の袴姿が好きなんだろ？」

恵太はこっちを向くと、眼鏡越しに悪戯めいた笑みを浮かべる。

白い半袖の開襟シャツにブラックジーンズ、こんな場所だとまるで制服のようだ。恵太がよりいっそう精悍《せいかん》に見え、七瀬も中学生に戻ったみたいにときめいた。

「あたし……恵太が年下なんて、思ったことないよ」

そう言うと、恵太のシャツをちょっとだけ抓み、ツンツンと引っ張った。

すると、恵太は慌てた様子で振り払ったのだ。

「バ、バカ、こんなとこで……触るな」

七瀬にすれば、精いっぱい可愛い声を出して甘えたつもりなのに。それを『バカ』と言われては面白くない。

「なんでバカ!?　こういうときは、俺も年上だと思ったことはないよ——くらい言ってよ!!」

「……おまえなぁ」

「素直になろうと思っても、いっつも恵太がケンカ売ってくるんじゃない。ついつい、あたしだって……きゃっ！」

ふいに恵太が屈んだ。

しかも、七瀬の手を引っ張り、彼女のことも強引に屈ませたのだ。びっくりして、半ば恵太の上に倒れ込んでしまう。

「ちょっと、あぶな……い」

片方の手首を摑まれたまま、力いっぱい抱き締められる。

「頼むから、急に可愛い声なんか出すんじゃない。おまえといると、俺の自制心はぶっ壊れっ放しなんだからな」

上ずった声で囁かれ、七瀬の心からも常識や羞恥心、世間の評判といったストッパーが弾け飛んだ。

「えっと、ね……ずっと、言いたかったことがあるの。あの……五年のときの運動会で勝ってくれてありがとう。すっごく、カッコよかったよ。でも……恵太ってあの一件で女子から人気が出て、次の年のバレンタインはチョコをいっぱいもらってたでしょ？」

「そうだったたか？　よく覚えてない」

「あたしが恵太にあげたら、やっぱりって言われそうで。だから、嶋村先輩のために作ったチョコが余ったからって言えば、あげてもいいかなって。まあ、いろいろあって、結局あげられなかったけど」

「マジで？」

「陸上の練習だってここから見てたし、試合も……ちゃんと応援に行ってたんだから」

恵太は気づいてなかったと思うけど、そう続けようとしたとき——。

「ああ、それは知ってた。背後霊みたいだったからな」

「ちょっと、誰が背後霊よ！　守護天使くらい言いなさ……い、んっ」

身体を起こしてもっと文句を言おうとしたが、恵太の唇に遮られた。

学校の中でキスしている。その後ろめたさは中学生に戻ったような気分だ。

七瀬が身体を引くと恵太が追いかけてきて、逆に恵太から離れて行きそうになると唇を押し当ててしまう。

これ以上深いキスにならないうちに、やめなくてはダメだ。その言葉が頭の中でグルグルと回り続ける。

と、そのとき——プール横に取りつけられたスピーカーから、校内放送が聞こえてきた。

『来校中のお客様のお呼び出しです。卒業生の愛川恵太様、同じく卒業生の北村七瀬様、至急体育館までお越しください。繰り返します……』

ひょっとしたら、今のキスをどこかから見られていたのかもしれない。

ふたりは顔を見合わせ、ゴクッと息を呑んだ。

(四)

「どうしよう。どうしよう。どうしよう。嶋村先輩に迷惑かけちゃうかも」

「いや、呼び出しが職員室じゃないから、大丈夫だと思う……たぶん」

七瀬は動揺していた。

恵太は一見普通に見えるが、『たぶん』と付ける辺りがかなり怪しい。

来校者というのは、呼び出されるものだろうか。いや、正確に言えば、ふたりとも来校者として正式に記帳を済ませていないのだ。

(ホントに見られていたとしたら……マジでどうしよう)

体育館の出入り口は運動場に面した側にもある。そこからこっそり入ろうとしたのだが、残念ながら、その扉には鍵がかかっていた。

「仕方ないな。校舎側の正面から入ろう」

恵太は校舎の方向に歩き出すが、七瀬は立ち止まった。

「どうした？」

「なんか、怖くて……。もし、怒られて……それが神社庁とかにバレたら、宮司を辞めさせられたりしない？」

母が言っていたように、恵太には任せられない、と言われたらどうすればいいのだろう。それどころか、七瀬は神主の妻にふさわしくない、と思われる可能性もある。

「結婚できなくなったら……どうしよう」

七瀬が震える声で呟いたとき、恵太の手が彼女の頭をポンポンと叩いた。

「最悪、除名処分になってもおまえとは別れないから」

「ホ、ホント？」

「ああ。っていうか、女子中学生相手に淫行したわけでもないのに、そう簡単に除名されるかよ」

「そう言われたら、そうかも……。でも、だったらどうして恵太までビビってるの？」

いつものように、無神経なまでにドンと構えていてくれたら、七瀬もここまで不安にはならない。なんとなく、恵太がいつもと違うので、七瀬も心配なのだ。

「いや、それはさ。この体育館、静か過ぎると思わないか？　ブラバンの練習なら、いろんな楽器の音が聞こえてきてもよさそうなもんだが……」

恵太はそんなことを言いながら、体育館の正面にあるガラス扉を開いた。

言われてみれば、体育館全体が息を殺したように静まり返っている。しかもガラス扉を開けたらすぐに中が見えるはずが、なぜかカーテンが引いてあった。

それもスライド上映などをするときに使う、黒い暗幕カーテンだ。

「恵太、ブラバンの練習ってプロジェクターとか使うもの？」

「さあ……」

恵太も首を傾げている。

だが、体育館に来いと呼び出しがあった以上、このまま外に立っているわけにもいかない。とりあえず中に入ってみれば何かわかるのではないだろうか。怒られたら、そのときに謝ればいい。

「入ってみようか？」

七瀬がそう言うと、恵太が先に進み、カーテンに手をかけた。

二階の窓にも暗幕カーテンが引かれており、体育館の中は真っ暗だった。明るいところから入ってきた七瀬は、とくにそう感じる。

だが次の瞬間――一斉に天井のライトが点灯した。

あまりの眩しさにふたりはうつむいて目を閉じ、その場に立ち尽くす。

直後、音の洪水が体育館の中を席巻して、一瞬のうちにふたりを巻き込んだ。フルートやクラリネットなど、管楽器の広がりを感じる音が迫ってくる。

しかもその曲は、誰もが耳にしたことのある――メンデルスゾーンの〝結婚行進曲〟。

ふたりは目を開けると、呆然として館内を見回していた。

正面のステージで吹奏楽部が演奏している。そして二階のバルコニーからは、『ご結婚おめでとうございます』の文字が書かれた横断幕が下げられていた。

もちろん恵太と七瀬の名前入り。名前の間には真っ赤なハートマークまで書かれてある。

「やっと来た。愛川くんが一緒じゃなかったら、呼びに行こうと思ってたんだけどね。一緒でよかった」

嶋村が笑いながら近づいてきた。

「せ、せん、先輩？　これって……」

「卒業生同士が結婚するって話を生徒たちにしたんだ。そうしたら盛り上がってね。先輩たちに何かお祝いをしたいって話になったんだ。ちょうど、うちの三年に彼女の妹もいたからね」

嶋村の指差したところに、月音が立っていた。

そういえば、月音は三姉妹の長女だった。下の妹は中学生なので、当然、通っているのはこの中学校だ。

「七瀬ーっ！　こっちこっち、ほら、愛川も」

月音が手を振っている。

そちらに向かって歩くと、頭上から紙吹雪がふたりに降り注いだ。

二階のバルコニーから四、五人が撒《ま》いている。口々に「おめでとー！」「きゃー羨ましい」「先越しやがって」と叫んでいる。目を凝らすと、七瀬たちの同窓生だった。

（な、なんで？　何がどうなってるの？）

月音のいる場所までは、制服を着た在校生が花道を作ってくれている。体操服を着ている生徒もいて、彼らは運動部に所属しているのだろう。

どちらにしても、部活動の合間にわざわざ体育館に集まってくれたのだ。

「月音がみんなを集めてくれたの？　あれ……でも、今日はあたしたちが来たのは、一昨日、先輩に誘われたからで……？」

月音にこんな準備はできないはずだ。嶋村には可能かもしれないが、彼には七瀬の同窓生を集めるなんて無理ではないか。ということは、どういうことなのだろう？

「前々から妹に相談されてたのよ。嶋村先生の後輩で、お姉ちゃんの同級生ふたりが結婚するなんて素敵だからなんかやりたい、ってね」

ふたりを学校に呼んで、吹奏楽部で〝結婚行進曲〟を演奏してお祝いしよう。という話に決まったという。

それが今日になったのは……。

「愛川の気持ちがわからなくて不安、みたいなことを言ってたじゃない。だったら、ここはみんなで盛り上げて、愛川にもっとクッキリハッキリ、愛を叫んでもらおうかなぁ、なんてね」

月音は七瀬が落ち込んでいるのを知って、すぐに妹を通じて嶋村に連絡を取った。最短で、今週の土曜日に学校の体育館が使えるとわかり……。

「じゃあ、神社の裏で嶋村先輩に会ったのって、偶然じゃなかったわけ？」

七瀬が月音に確認すると、すぐ後ろから嶋村の声が聞こえた。

「悪い悪い。店まで訪ねるつもりで行ったんだ。でも、あの場所で会ったのは偶然。話した内容も嘘じゃない。ただ、愛川くんの登場は予想外。本当は、あとで葛城のお姉さんが声をかける予定だったから」

嘘じゃないということは、

『八年前に戻って、チョコレートを受け取るところからやり直せないかな？』

というのが本気になってしまうのだが。

七瀬が不審そうに嶋村を見つめると、彼は軽くウインクして流した。

八年前はともかく、今の嶋村は彼女の手に負える相手ではないようだ。

（深く……考えないほうがいいみたい）

気がつかなかったことにしよう、と自分を納得させる。そのとき、目の前に白いトルコキキョウと白薔薇のラウンドブーケが差し出された。

「わざわざ作ってくれたの？　葵、ありがとう」

葵はニッコリと微笑んで、首を横に振った。

「七瀬のために、って言うより、後輩たちのため、かな」

「はい？　それってどういう……」

「ほらほら、披露宴の入場練習にもなるじゃない。ふたりで腕を組んで、ステージに上がってよ」

などと言いながら、七瀬の背中を押す。そのまま強引に恵太と腕を組まされ、冷やかされながらステージに昇らされたのだった。

普段なら文句を言って逃げ出しそうな恵太だが、さすがにここまでされたら、逃げるに逃げられないだろう。

七瀬にしても同じだ。

恥ずかしい、そんなことできない、絶対に嫌……そんな気持ちが、みんなのお祝いの言葉と〝結婚行進曲〟に、別の世界に飛んで行ってしまった感じがする。

そのとき、ステージの下にいる在校生たちから、ブーケを後ろ向きで投げてくれと言われた。

結婚式のブーケトスは多くの女性の憧れだ。十代の少女にとっては、尚更そうだろう。

だが、彼女たちが本物のブーケトスを見られる機会はまだまだ先。今回、せっかくだから憧れのブーケトスも見てみたいと、卒業生の葵にブーケの制作をお願いしたらしい。

そういう理由なら嫌とは言えず、七瀬は後ろ向きに放り投げた。

男子生徒たちは唖然《あぜん》としていたが、女子生徒たちは文字どおり必死でブーケを奪い合う。

やがて、手の空いた先生たちもやって来た。その中には、七瀬たちの時代からずっとこの中学校に勤務している先生もいて、昔話に大いに花を咲かせたのだった。

そして最後の最後に、みんなに催促されたせいではあったが、恵太がステージから叫んでくれた。


「北村七瀬がずっと好きでした！　一生、大切にします!!」


卒業式にも泣いたことはない。人前では絶対に泣かないと決めていた。

でも、悔しいときや悲しいとき、寂しいときより、人が涙を止められないのは嬉しいときなのだ、と。七瀬は初めて知ったのだった。

☆　☆　☆

七月初旬の陽射しに照らされた通学路。そこを、中学時代には一度も経験したことのない状態でふたりは歩く。

肩を並べて、さらには指を絡めて手を繋ぐ、いわゆる〝恋人繋ぎ〟をしながら。

「一度でいいからやってみたかったの。学校帰りに彼氏と手を繋ぐってヤツ。恵太は？」

「中学時代の俺なら逃げ出すだろうな」

明後日の方向を見ながら、憮然として答える。

まあ、そんなものだろう。体育館では勢いに流されて、恥ずかしいことをいろいろさせられた。

さすがにキスコールが沸き上がったときは、先生が止めに入ってくれてセーフだったのだが……。

（ちょっとだけ、キスしてもいいかもって思っちゃった。あたしってけっこう、ムードに流されやすいほうなのかも）

考えてみれば初体験もそうだ。周囲の声に気をよくして、恵太に押し倒されてそのまま――してしまった気がする。

「でも、嶋村先輩もちゃんと先生してたよね。なんか不思議だった」

「相変わらず軟派っぽかったけどな」

「えー、そうかな？　昔はもっと、繊細で優等生っぽかったよ」

「教え子に告白されて道を誤らないといいけどな、ああいうタイプは」

恵太にしては、やけにケンカ腰の言い方だ。

「……ひょっとして、恵太、妬《や》いてるの？」

「だっ、誰が、そんな」

慌てる恵太を見ていると可笑《おか》しくなって、彼の腕にギューッと抱きつく。

「あ、そうだ。この間、月音と葵に結婚祝いもらったでしょ？　で、そのときに聞いたんだけど、恵太ってバスケ部に入りたかったの？」

足が速いことは知っていた。でも、部活に入るかどうか悩んでいて、二学期の終わりにようやく決意して陸上部に入ったのだ、と思っていたのだ。

それが、最初はバスケ部に入ろうとしていたとなると、事情が変わってくる。

「ああ……それもこれも、全部おまえのせいだ」

「あたしのせい？　なんで？」

「おまえさ、例祭で巫女の格好をしたとき、なんて言ったか覚えてないのか？」

　苛々した恵太の声を聞きながら、七瀬は懸命に記憶の糸を手繰ろうとする――。

　あのとき、自分が言ったことはよく覚えていないが、恵太の母が言ったことはしっかりと覚えている。

『もう、うちの子ったら照れちゃって。七ちゃんの巫女さん姿に惚れちゃったのかしら？』

　赤くなる恵太を見て、七瀬の心臓はバクバクしていた。

　さらには、七瀬の母まで余計なことを口にし始める。

『七瀬も小さいころから恵太くんと仲がよかったものね。大人になっても仲がよかったら、恵太くんのお嫁さんにしてもらったら？』

『そうなるといいのにねぇ。最近の子って結婚が遅いんでしょう？　恵太も三十過ぎても結婚できず、ずーっと独身だったらって考えるのよ。この子はお父さんに似て不器用で生真面目だから、心配で心配で』
『私も心配なんですよ。東京の大学に行かれて、向こうで就職、結婚なんてことになったら……もう、帰って来ないでしょうから。好きなことをして欲しいって思うけど、それは
それで……ねぇ』
『本当にねぇ。恵太にも神職に就いて欲しいけど、無理強いはしたくないから。でも、この宮司になって、七ちゃんをお嫁さんにもらって、ずーっと地元で暮らして欲しいって
……夢かしらねぇ』
好きなことをしろと言うわりに、子供に対して夢が多過ぎ、と七瀬は母親たちに向かって心の中で文句を言う。
七瀬には父の記憶がほとんどない。あるのは母が語る父の姿と、アルバム二冊程度の写真だけ。父の実家とは疎遠なため、子供時代の父の写真は一枚もなかった。
そんな中でお気に入りの一枚が、両親の結婚式の写真だ。黒のフロックコートを着た父とウエディングドレスの母。ふたりとも本当に幸せそうで、七瀬にとって夢と憧れが詰まった一枚だった。
『あ、あたし、結婚するなら、お父さんみたいな人がいい』

母親同士が結婚の話をしていたので、ついつい七瀬も口にしていた。

『お父さんって、お母さんより十センチ以上高かったんでしょう？　それくらい差がないと、並んでても決まらないよ。小学校のときからずっと、あたしのほうが一センチ高いまだし……。恵太くんも、あたしの隣には立ちたくないんじゃないかな』


たしか——そんなふうに言った気がする。

今になって思えば、身長で結婚相手を決めるものじゃない、と中学生の自分に言いたい。でもあのときは、それなりに真剣だった。永遠に縮まらない一年差と同じく、一センチの差も縮まらないのだろう、と。

七瀬がそこまで答えると、恵太は呆れたように言う。

「お袋のバカげた妄想だけど、まあ、そういう未来も悪くないとか思ってたんだよ、俺は！」

「へえ、そうだったんだ。でも、なんで怒ってるの？」

「おまえなぁ……十センチ以上高くないと論外、と言われたんだぞ。歳は頑張っても追いつきようがないけど、身長はどうにかできるかもしれないだろうが!!」

むきになって答える恵太に、びっくりしていた。

「そ、それで、バスケなの？　なんでっ⁉」

「バスケ部の連中、背が高かったから。俺も伸びるかもしれないと思って」

彼らはバスケ部に入ったから伸びたわけではなく、背が高かったからバスケを始めたのではないだろうか。

胸に浮かんだ感想を、七瀬は乾いた笑いとともに呑み込む。

「スポーツしたほうが伸びるって言われて、たしかに背は低かったけど、バスケは得意だったんだぞ。でも、野球やサッカーはそれほどでもなかった。結局、走るのは苦手じゃなかったから陸上にしたんだ。――悪いか」

「う、ううん、悪くない」

まさか恵太が『背が高くなりたい』という理由で部活をしていたとは、思ってもみなかった。

（それも全部……あたしのため、なんだ）

「あ、じゃあ、高校でやめたのは、あたしより十センチ以上高くなってたから？」

恵太は頭を掻きながらうなずいた。

「俺ってさ、涙ぐましい努力をしてたんだよなぁ。おまえはあの嶋村にキャーキャー言ってて、全然気づいてくれなかったけど」

「ご、ごめん。でも、なんにも言われなかったらわからないってば」

「コクろうと思ってたんだ。おまえより、十センチ以上高くなったらな」

中二の三学期の身体測定で恵太は一七〇センチを超えたという。まだまだ伸びそうで、彼は中学を卒業するときに七瀬に告白しよう、と決め——その直後、例のお百度参りに遭遇してしまったのである。

「でも、ほら、あたしってフラれてたわけだから……卒業のとき、コクってくれたらよかったのに」

「おいっ。中三のとき、どれだけ俺に年下攻撃を喰らわせたか、思い出させてやろうか？」

そのことまで言われては、七瀬は笑ってごまかすしかない。

「ま、いいか。恵太に会いたくて早起きしたおかげで、高校三年間無遅刻だったしね」

七瀬が無邪気に答えると、恵太もまんざらでもない顔になる。

そんな恵太を見ていると嬉しくなって、

「ね、恵太は中学生のとき、何かやってみたかったことはない？　あたしのお願い叶えてくれたお礼に、なんでも付き合うから言って」

するとピタッと恵太が立ち止まった。

「なんでも、いいのか？」

恵太の声色はオトナの男のソレに変わっている。ということは、何かエッチなことを考えているに違いない。

だが所詮、中学生男子の考える程度のエッチだ。

「うん、いいわよ。何？」

七瀬はニッコリ笑って答えた。

☆　☆　☆

「ねえ、ねえ、見てよ恵太。お風呂ってガラス張りなんだ……中が見えるよ。へえ、こんなふうになってたんだぁ」

入る直前まで、不満を言っていたのが嘘のようなはしゃぎようだ。

七瀬同様、恵太にも一度経験してみたい、と思っていたことがひとつだけあった。

恵太の住む辺りはO市の中心から少し離れている。最寄り駅の南側は国道を中心に住宅地や商業地として開けていた。

神社のある北側は、今は新興住宅地として新築のコーポや一戸建てが多く並んでいるが、かつては住宅より田畑のほうが多かった。

その田畑の向こう、大きな川の土手沿いに一軒のラブホテルが建っていた。

オープンした当初は、とくになんの反対にも遭わなかったという。

だが、しだいに田畑が売られ、少しずつ宅地に変わり始め……。ふと気づくと、ラブホテルの真裏まで住宅が立ち並んでいたのだ。

一番近くの学校までは一キロ以上離れていたが、住民が増えると声も大きくなるのが世の常。周辺住民からいろいろと苦情が出るようになっていった。

そのせいか、キラキラしたネオンなどは一切ない。『休憩○円、宿泊○円』といった看板や幕も張られていない。一見、普通の事務所が入ったビルに見えなくもないが、すべての窓が閉ざされているのは普通ではないからだ。

ただ、屋上の看板にはホテルの名前が書かれ、そこだけは日が暮れると原色カラーのライトが点く。

土手沿いの正面入り口には目隠し用のカーテンがついている。利用客のほとんどが車でやって来るようだ。まあ、こんな郊外のラブホテルまで、わざわざ歩いてくる物好きはいないだろう。

だが裏の通りにも入り口がある。そちらは周辺住民に配慮して、まさしく普通のビルに見える自動ドアがついていた。

神社から中学校までの通学に、ラブホテルの裏通りは使わない。

しかし、恵太の友人がこの近くに住んでおり、彼の家に遊びに行くときは必ずこの裏通りを通った。

当然だが、このホテルを利用しようという周辺住民はまずいない。誰に見られるかわからないのに、こんなところを使うメリットがない。

だが、七瀬から『恵太は中学生のとき、何かやってみたかったことはない？』と質問されたとき、真っ先に思い浮かんだのが、このラブホテルに入ってみたい、だった。

『ラブホテルがいいなら、どっか遠くに行こうよ。車で行けばいいじゃない』

そう言って七瀬は抵抗したが、

『なんでも付き合うって言っただろ？　俺は〝ここ〟に入ってみたかったんだ』

『でも……あたしたちが、このラブホに入ったって噂されるかも』

『来月には入籍して一緒に住むんだぞ。多少のフライングくらい大目に見てもらえるさ。それとも、七瀬は俺と入るのは嫌か？』

　とか、なんとか言って強引に連れ込んだ。

　しかし、いざ中に入ってからは……長年の期待と、数日前の失態が重ねて頭に浮かんでくる。はしゃぐ七瀬とは対照的に、恵太は手の平に汗を掻く始末だった。

「恵太、九十分のショートタイムでよかったの？　三時間とそう値段は変わらないのに」

　直前まで恥ずかしいと言っていたくせに、料金案内の立て看板できちんと値段をチェックしている辺りが七瀬らしい。

　恵太は咳払いをしつつ、

「いいんだよ。さすがに三時間も籠《こ》もってたらまずいだろうが。おまえだって、ランチの片づけと夜の仕込みには戻らないとダメだろう？」

「うん、まあ、そうなんだけど……」

「どうした？」

「あ、違うの。せっかく可愛い部屋なのに、このソファだけ安っぽいっていうか……イメージ違うな、と思って」

七瀬がソファに座りながらそんなことを呟いている。

言われてみれば、キングサイズのベッドはフレームが白で女性が好きそうなデザインだ。枕やベッドカバーはピンクや赤を基調にして、フリルやレースを使った可愛い品で揃えてある。壁紙も同じ色合いだ。

ベッドの四方には丈夫とは言い難《がた》いが支柱が立ててあり、天蓋《てんがい》も取りつけてあった。上から吊るされたレースのカーテンがひらひら揺れている。

この部屋は少し安っぽいが、姫系で内装が施されているようだ。

そんな部屋に黒の合皮ソファは変だろう。

「せめて、可愛いカバーでもかけたらいいのに」

七瀬の言葉に恵太は思い出した。

「ああ、それか。えっと、こういったホテルのソファは濡れたまま使うことが多いんだ。まあ、目的が目的だからな。インテリアは二の次なんだろう」

大学時代に友だちから聞いた話をそのまま口にする。

すると、七瀬は不審そうな目つきでじっとこっちを見たままだ。彼女が何を考えているのかピンときて、恵太は慌てて口を開く。

「言っとくけど、俺はラブホなんか使ったことないぞ。このホテルの裏を通るたび、おまえと入りたいって妄想してただけだ」

「わ、わかってるわよ」

いや、あの目は絶対に疑っていたはずだ。

そう思ったが恵太は何も言わずにいた。

七瀬は恵太のことを信じていないわけではない。すぐに怒るのも、単なるヤキモチと思えば可愛いものだ。

人前では泣かない七瀬が、恵太の〝ずっと好きだった〟宣言を聞くなり、ポロポロと涙を零した。

そして〝恋人繋ぎ〟に浮かれる姿を見ていると、そんなに自分のことが好きなのかと思い、逆ににやけてしまう。

恵太が七瀬の横に座ろうとしたとき、七瀬は立ち上がり靴を脱いでベッドに乗った。

何が楽しいのか枕元の操作盤をいろいろ動かしている。そのとき、フッと真っ暗になった。直後、また明るくなる。

「へえ、これを上下するだけで灯りが全部消えちゃうんだね」

明るいうちに恵太も靴を脱ぎ、七瀬が再び灯りのボリュームを下げたとき、背後から抱き締めた。

「きゃっ！　け、恵太？」

「他に誰がいるんだ」

「ちょっとだけ、明るくするから……待っ……」

七瀬の顔が見えるかどうかの明るさになったとき、彼女にキスした。

一瞬で、恵太の心は階段の踊り場に引き戻される。学校の敷地内だけに感じる独特の空気や運動部のかけ声が、ふたりの心だけタイムスリップさせた。

「ここに、おまえを連れ込んで、こうするのが夢だった」

「恵太……それって、エッチ過ぎ」

「でも、エッチな神主様が好きなんだろ？」

暗くして、ふたりっきりになると恵太もこれくらい言えるようになった。

(まあ、ちょっとくらい成長しないとな。でも、これって成長なのか？)

ゆっくりと七瀬の身体を撫でながら、柔らかな胸に触れたとき、彼女の口から吐息が漏れた。それは恵太の男のスイッチをオンにする。

Tシャツをたくし上げ、サブリナパンツを脱がせて、ショーツに手をかけた。

「七瀬、脚……開けるか？」

最初のときは同じことを聞いて思いっきり怒鳴られたが……今日は違った。

手で顔を隠しながら、おずおずと脚を左右に開く。

「こ、これで、いい？」

「こないだ、俺にしてくれたのと同じことしてやるから、殴るなよ」

「え？　それって……あっ……ひゃぁんっ！」

恵太は七瀬の大事な場所に口づけた。

「やっ、やだ、恵太。舐めちゃダメ……だって、シャワーも」

七瀬はそう言いながら、身を捩《よじ》って逃げようとする。

「大丈夫だって、全然気にならない」

条件反射のように脚を閉じようとするのを、両手で押さえゆっくりと舌を這わせる。花びらの奥を探り、花芯を舌先で捉えた瞬間、蜜が溢れ出した。

「あ、あたしが、気にす、る……あっ、やぁっ……あ、あ、恵太……やあーっ！」

下肢を戦慄かせて、あっという間に七瀬は悦楽へと駆け上がる。

「もう……イッたのか？」

「やだ、もう、バカ！　恵太が悪いんだから」

愛する女性が半泣きで絶頂に達する姿を見たら、いささか萎え気味だった男の自信はあっという間に復活する。

我ながら、現金なものだ。

「ああ、俺が悪い。全部俺のせいだから、どんな責任も取るから、もっと感じて見せてくれ」

「……すぐに感じちゃって、軽蔑しない？　あたしのこと、いやらしいとか思わない？」

ハアハア、肩で息をしながら七瀬は尋ねてくる。

「思うかよ。めちゃくちゃ可愛い……あのさ、もう挿れていいか？」

「……ん」

急いで服を脱ぎ、恵太は七瀬とひとつになった。ゆっくりと、と思いながらも、ついつい性急に押し込んでしまう。

「ごめ……ん。奥まで、急だったかも。痛くないか？」

七瀬の体内は、何度味わっても気が遠くなるほど心地よい。熱く、狭く、恵太自身に吸いついてくる。

もっと時間をかけるつもりが、いつもあっという間に持っていかれてしまう。

「痛くない、よ。でも、こんなに広い……ベッドで、するのって……初めて。なんか、は、恥ずかしい」

蕩けるような顔で言われ、緩やかに腰を動かされたら、こっちのほうが堪らない。我慢できずに恵太が抽送を始めると、七瀬の奥が痙攣《けいれん》してさらに熱い蜜を零した。

「七瀬、おまえだけだ。一生、おまえひとりだから……七瀬っ！」

「恵太、恵太……好き、好きよ、大好きなの……あっ」

その一瞬、恵太は七瀬に包まれ、ふたりは溶け合う。互いの境界線すらわからなくなるほど、濃密な時間を過ごした。

ショートタイムは三時間へと延長され――。

恵太は彼女の華奢《きゃしゃ》な腰を抱き締め、何度となく情熱の杭を打ち込む。そして、数え切れないキスを交わしたのだった。

☆　☆　☆

ラブホテルから出ると辺りはすでに暗くなっていた。

空には満天の……とまではいかないが、いくつかの小さな星が瞬いている。神社までの約三キロ、ふたりは〝恋人繋ぎ〟で並んで歩いた。

濡れた髪に夜風が吹きつける。首に纏《まと》わりつく数本の髪に火照った肌をくすぐられ、七瀬は恵太の腕に思い切り抱きつく。

「よせって。またヤバイ気分になるだろ」

「ちょっと、もう、いい加減にしてよね。夜の準備までには、とか言ってたくせに。結局、休憩三時間も遥かに超えちゃったんだから」

「それって、俺だけのせいかよ」

ちょっと拗ねたような声が上から降ってきた。

そんな声も可愛くて魅力的だと思えるのは、やはり仲よくしたばかりだからか。

「そうよ。だって言ったじゃない。〝全部俺のせいだから〟って。ちゃーんと責任取ってよね」

　恵太の腕にぶら下がるようにして甘える。

「よく覚えてるよな……あんなに、イキまくってた最中の言葉なのに……」

「恵太っ!!」

「あーはいはい。わかってるって。だから、親には俺が謝るって言ってるだろ。全部俺のせい……でも、おまえも気持ちよかったって言えよ」

　そんなふうに言われて顔を覗き込まれると、

「まあ……悪くなかった、かな」

　なんて言ってしまう。

「おまえ、そのセリフもちゃんと覚えとけよ」

　悔しそうな恵太を見ていると、七瀬は嬉しくなってクスクスと笑った。

「今度、ベッドで泣かせてやるからな」

「じゃあ、あたしも恵太のこと泣かせてあげる」

　ふたりの距離がもっと縮まった気がして、七瀬は嶋村や月音たちに感謝した。

　と同時に、恵里香のことを思い出す。

あんなに恵太にべったりで、相談がある、と言っていたのはどうなったのだろう？

恵太に尋ねると、「さあ」という心許《こころもと》ない言葉が返ってくる。

話を聞こうと思い、神社の裏に向かったという。だが、そこで七瀬たちに会ってしまった。恵太にしても、とても人の相談に乗るような気分にはなれず。結局、恵里香はあのまま帰ったらしい。

「相談ってなんだったのかな？」

「まあ、重要な話ならまたやって来るんじゃ……あれ？」

「どうかした？」

ふたりは神社が見える位置まで帰って来ていた。

恵太は眼鏡を指先で押し上げながら、目を凝らしている。

「うちのお袋がいる……いや、おまえのお袋さんも一緒だぞ」

「メールで遅くなるって連絡入れたっきり、電源切っちゃったから、怒ってるのかも……」

七瀬はビクビクして母の姿を確認しようとしたが、その前に、向こうがふたりに目を留めたみたいだ。

「恵太！　おまえはなんてことを……」

「七瀬！　どうして電話に出ないの!!」

母親たちの怒声が重なって聞こえる。

「ご、ごめん。ちょっと……ほら、ケンカしてたじゃない。でも、仲直りしたもんだから……それで、つい。あの……お店ってまだ終わる時間じゃないよね？　だって八時……」

七瀬は時計を見ながら自分の母を宥《なだ》めようとする。

だが、母のほうは店の営業時間どころではないようだ。

「まったく、何を呑気なことを言ってるの。お店なんてしてる場合じゃ……」

「ど、どうしたの？　ねえ、お母さんってば」

母は七瀬より華奢で小柄だ。だが、女手ひとつで娘を育て上げただけのことはあり、何かあってもメソメソ泣くタイプではない。

その母が目頭を押さえている、ということは……。

(いったい、何があったの!?　昼間から近所のラブホに入ったことがバレたとか？　でも、それって泣くほどのこと!?)

そんな七瀬の横で、さらにとんでもないことが起こった。

恵太の母がつかつかと歩み寄り、唐突に恵太の頰を叩いた。パシンと小気味いい音が辺りに響き渡り、衝撃で恵太の眼鏡が歩道に落ちた。

その様子を七瀬は呆然と見つめる。

叩かれた恵太も七瀬と同じらしい。わけがわからない顔つきで、まばたきもせず母親の顔を見ていた。

「お、おばさん？　なんで？」

最近は『お義母さん』と呼ぶ練習をしていたのだが、とっさになると昔のままになる。

恵太の母は呼ばれ方など気にする余裕もないようだ。

「……恵太は、真面目過ぎるくらい真面目だけど、誠実で素直な自慢の息子に育ってくれたって、母さん思ってたのよ。それが……ごめんね、七ちゃん。おばさん……もう、どうしたらいいのか、わからない」

涙ながらに謝られて、七瀬のほうもわからなくなる。

そのとき、境内のほうから恵太の父がやって来た。その手に持っているのは、見覚えのあるベビークーファン。

「母さん、いつまでも外で騒いでいるんじゃない。早く中に入りなさい。おまえたちもだ」

とんでもないことが起こった予感に、七瀬は黙って恵太の眼鏡を拾った。

すぐに渡そうとするが、食い入るようにベビークーファンを見つめる恵太の横顔に、七瀬は声をかけることができなかった。

（五）

七瀬の母はランチが終わったあと、干していた布団を取り込むため、二階に駆け上がった。

長く日に当てていたら布団に熱が籠もって寝られなくなる。慌てて取り込んだあと、今度は営業中の札を準備中にし忘れていたことに気づいたのだ。

急いで下りると、店内には懐かしいような甘い香りが漂っていた。

すると、入り口近くのイスの上にベビークーファンが置いてあり、その中には赤ん坊がスヤスヤと眠っていたのだった。

「最初は捨て子だと思ったわ。外に置き去りにして何時間も気づかれなかったら死んでしまうと思って、それで誰もいない喫茶店に捨てて行ったんだって」

たまたま前を通った常連客の佐久田に相談して、交番まで連れて行こうという話になった。

そのとき、佐久田がベビークーファンの隅に挟まれていた手紙に気づいたのである。

手紙に書かれてあったことは――。

「子供の父親は愛川恵太さんです。東京で付き合っていたのに、子供ができたとたん捨てられました。責任を取って欲しくて追いかけてきたけど、この店の人と結婚すると聞いたので、子供はそちらで育ててください……そんなことが書いてあって、もう、どうしたらいいのか」

五人は愛川家の居間で座卓を囲み座っていた。

ベビークーファンは中身――いや、赤ん坊ごと七瀬の後ろに置いてある。覗き込むと、頬も手足もぷくぷくした赤ん坊がスヤスヤと眠っていた。

(この子って……ベビークーファンも同じだし、恵里香の赤ちゃん、だよね?)

七瀬は渡された手紙に目を通しながら、母の言葉と内容がほぼ同じことを確認していた。

「手紙には、恵太さんから名前を取って〝紗恵〟にしました、なんて書いてあるし……」

　恵里香は七瀬の店を訪れたとき、子供の名前を使っている漢字まで口にした。でも、普通は聞かれないと言わない気がする。ということは、それを七瀬に聞かせたかったと言うことだ。

　だが、手紙に恵里香の名前は書かれてなかった。

（どうして名乗らないの？　あたしから恵太を奪いたいなら、子供を抱いて飛び込んできたほうが効果的なのに。恵太の子供よ、責任取って、みたいに）

　七瀬が考え込んでいると、横で恵太が口を開いた。

「いい加減にしてくれよ。そんなわけがないだろう？　第一、この子は……だよな？」

　恵太は七瀬のほうを見た。

「ん……紗恵ちゃんのお母さんは、同級生の加藤恵里香さん、今は……滝沢さんだっけ？　彼女だと思う」

「七瀬、あなた知ってるの!?」

　母は仰天した声を上げる。

「知ってるっていうか。えっと、今週の水曜日だったと思うけど、店に来たのよ。去年結婚したって言ってて……」

「じゃあ、そこに書いてあることはどうなの？　去年の夏のことを恵太くんに聞けって書いてあるでしょう？　きっと答えられないはずだって。どうなの、恵太くん。去年の夏にその女性と何があったのか、ちゃんと、七瀬の前で説明できる？」

そういえば、恵太は恵里香のことを『去年会ったのは、本当に偶然』『なんか問題を抱えてる感じだった』そんなふうに言っていた。

恵太は何を考えているのか読めない男だが、決して嘘が得意なわけではない。むしろ、嘘をつくことや、黙っていることは苦手なほうだ。そしてあの様子から、恵里香に関して人に言えないことがあるのはたしかだと思う。

「ねえ、恵太。加藤さんのやってることって無茶苦茶だよ。何か知ってるなら言ったほうがいいんじゃない？」

恵太のことは信じたい。というか、信じている。

いつもワーワー喚くのは、本気で疑っているわけではなく、何回でも『俺には七瀬だけ』と言って欲しい女心だ。

でも、今度ばかりはオタオタせずに、ちゃんと恵太を信じていると伝えたい。

そんなことを考えながら、七瀬は恵太の返事を待っていた。

「…………」

「……恵太、なんか言ってよ。おじさんやおばさんも息が詰まるって」

沈黙が一分近くも続くと、さすがに七瀬も突っ込みを入れたくなる。

「俺の子供じゃない。でも……ごめん、七瀬、去年の夏のことだけは言えないんだ。加藤が何をしようと、それは……約束だから」

恵太の表情を見て、七瀬はドキンとした。

それは、ついさっきまでベッドの上で戯れていた男の顔ではなく、祝詞を上げるときの神主の顔に思える。

だがそのとき、母が唐突に七瀬の手を摑み、立ち上がりながら引っ張った。

「来なさい、七瀬。帰りましょう」

「え？　お、お母さん、待ってよ……」

「恵太くんは今、あなたより大切なものがあると言ったのよ。今回のことがハッキリするまで、結婚は白紙に戻しましょう」

母の言葉に七瀬はびっくりして手を振り払う。

「勝手に決めないでよ！　あたし、恵太と別れるつもりはないから。お母さん……ヒステリックになり過ぎだと思う。ちょっと、落ちついたほうがいいよ」

いつもだったら七瀬のほうが恵太に嚙みつくのだが、今日は母が怒っているので不思議と冷静でいられる。

だが、母の怒りはそんな七瀬に向かった。

「そうなの。あなたはお母さんより恵太くんを選ぶのね。だったら、お母さんのことなんか捨てて、お嫁に行けばいいわ！　店は畳みます。二度とあなたとは会いません!!」

「お、お母さん!?」

母はそう叫ぶと大きな音を立てて玄関から出て行った。

さすがにその音にびっくりしたのか、紗恵が目を覚まし、大声で泣き始める。固まったように身じろぎもしない恵太を無視して、恵太の母がベビークーファンに駆け寄った。

そして七瀬も、玄関と居間の間になす術《すべ》なく立ち尽くす。

母を捨てるつもりなど毛頭ない。ずっと近くにいたいと思う。恵太がもし東京で就職していたら、七瀬は彼のプロポーズをすぐに承諾しなかっただろう。

恵太のことが好きだ。夫婦になって、一生寄り添って生きていきたい。近い将来、彼の子供を産んで、お互いの親も含めて家族になっていきたいと思う。

それが七瀬の幸せで、母も望んでいたはずなのに。

(あたし……お母さんか、恵太か、選ばないといけないの?)

こんなとき、恵太が助けてくれたらと思う。でも、肝心の恵太は固まっている。

「七ちゃん、今日のところは帰りなさい」

そう言ってくれたのは、恵太の父だった。まだ、神主の袴姿のままだ。

愛し合うあまりといえば聞こえはいいが、結果的には親に仕事を押しつけ遊び呆けていた。そんな自分たちが酷く未熟に思え、恥ずかしくて堪らない。

七瀬は恵太の父から視線をそらしつつ、

「で、でも……あたし、恵太と別れたくないから……」

「女手ひとつで大切に育てた娘だ。一点の曇りもない、完璧な男に嫁がせたいと思って当然だよ。そう信じた男に隠し子がいたとなれば、私でも結婚をやめろと言うだろう。とにかく、お母さんの傍《そば》にいてあげなさい」

その言葉で、恵太の父からも結婚を反対された気持ちになる。

「恵太は?　恵太も、あたしに帰れって言うの?　なんとか言ってよ!」

「…………」

返ってくるのは、紗恵の泣き声だけだった。

「七ちゃん、恵太には頭を冷やす時間が必要なんだと思う。君もそうみたいだよ」

「……わかりました」

ひと言だけ口にして、七瀬は恵太に背を向けた。

☆　☆　☆

ちょうど一年前の七月——。

大学は夏休みに入っていたが、恵太は神職に就くための仕上げともいうべき大事な時期を迎えていた。

僧侶ほど厳しくはないが、見習い神主たちも朝は早い。だが、彼らの中にはこそっと宿舎を抜け出し、深夜まで遊び歩く連中もいたのだった。

恵太が最終学年の神社実習のときに同室になった一年生の森田も、そんな連中のひとりだ。

森田の実家は恵太の実家と同じ規模の神社で、父親も同じく神主をしている。だが志はまるで違い、森田が神道系の大学を選んだのは、東京に出るための口実だった。

『たいして金にもならない神社を継いでやるって言ってるんですよ。学生時代くらい遊ばせてもらって当然でしょ？　ホントはひとり暮らしがしたかったのに、大学でも宿舎でも神道神道って……もう、うんざりです』

こんなことでこの先、彼に神職が務まるのだろうか？

恵太はそんな疑問を抱いたが、どんな理由で目指そうとも、それを他人がとやかく言う権利はない。そう自分を納得させたのだった。

そんな森田に深夜、揺り起こされた。

『境内の林のほうで、変な気配がするんですよ。男と女がやってるっていうか……でも、ちょっと、ヤバイ感じで……』

最初はどっちでもいいだろう、と思った。

神社の境内は基本的に出入り自由だ。好きなときに参拝できるようになっている。だがそれを逆手に取って、深夜に出入りして不届きなことをする輩もいた。

気づいたときは注意して出て行ってもらう。だが、追い出すために深夜に起こされるのは、いくら修行のうちとはいえ身が持たない。

しかし、それが犯罪行為であるなら、たとえ深夜であっても見過ごすわけにはいかない。

『どうして、気づいたときに注意しなかったんだ？』

『だって……刃物とか持ってたら怖いですよ。俺、なんの心得もないし』

恵太とて何かの心得があるわけではない。ため息をつきつつ、急いで見習い用の白袴に着替え、境内に出たのだった。

森田の言っていた辺りは、すでにしんと静まり返っていた。

酔った彼の勘違いなら、それに越したことはない。そう思って引き揚げようとしたとき、恵太はかすかな気配に気づいた。

気配のした辺りに見当をつけながら、手にした懐中電灯で一気に照らす。

そこには半裸の女性がひとり。その女性は目のやり場に困るような格好で意識を失っていた。必死に起こそうとしたが、まるで目を覚ます様子はない。

しばらくすると、恵太は彼女が見知った顔であることに気づいてしまう。

結果的に、恵太は女性神職を起こして、彼女の衣服を整えてもらった。そして名目上、酔っ払いということで、その夜、彼女は神社の仮眠室でひと晩過ごしたのである。

翌朝、彼女は目を覚ますなり青ざめた。

『警察には通報してない。でも、男と一緒にいたのは事実だと思う。同意でないなら、せめて病院には行ったほうが……』

『同意よ！　酔ってたけど、同意なの。事件じゃないわ！　警察には言わないで！』

そう言うと、逃げるように神社から出て行ったのだ。

彼女のことを気にしつつも、連絡を取るかどうか恵太は迷っていた。すると一週間後、彼女のほうから恵太を訪ねて来たのだ。

あの夜、彼女は恋人と一緒にワインバルで飲んでいた。偶然出会った恋人の同僚も交えて飲み始めた直後、恋人に仕事で急な呼び出しが入った。

彼女の恋人は商社の海外事業部で働いているため、深夜に仕事の電話を受けることも少なくない。ワインバルから会社は徒歩で行ける距離。

恋人は同僚に彼女をタクシーで送ってくれるように頼み、自分はそのまま会社に向かったのだった。

『記憶があるのはそこまでなの……最後の一杯と言われて、飲んだあとは……』

次にハッキリと覚えているのは、朝に神社の布団で目を覚ましたときだという。

『私を見つけてくれたのって恵太よね？　どんな格好だった？』

その質問は非常に答えづらいものだ。一応、服は着たままだった。だが、下着まですべてずらされていたことは間違いない。

恵太は迷いながらも、正直に見たままを告げた。

お互いに気まずい思いをすることはわかっていたが、黙っていて何かあってからでは取り返しがつかない。恵太は重ねて警察と病院に行くことを勧めた。

『もう遅いわ。証拠は何もないし、アフターピルも間に合わないし。それに……あちこち触られて、感じたことは覚えてるのよ。彼だと思ったから……』

彼女からそのときの気持ちをこと細かに説明され、恵太は妙に動揺していた。

恵太の性体験はただ一度だ。しかも、七瀬の身体をちゃんと見ることもできなかった。

そんな恵太の脳裏に、懐中電灯の光に浮かんだ女性の半裸はなかなか消えてくれない。しかもそれが中学時代の同級生となれば……。

恵太はわけもなく、後ろめたさを募らせる羽目になる。

彼が必死に煩悩と戦っていたとき、

『彼のお父様は商社の重役なの。お母様はとても厳しい方で……。私、大学を卒業したら結婚しようって言われてるの。でも警察沙汰になったら、全部おしまいよ』

泣くように言われる。

そして口ごもる恵太の手を取り、彼女は縋《すが》りつくように続けた。

『お願い、誰にも言わないで！　私を見つけてくれたのがあなただから、こうして全部話して頼みにきたの。神主様のあなただから……』

そのセリフに恵太の返事はひとつしかなかった。

『わかった。誰にも言わない。でも、事情は俺だけじゃなくて女性神職も知ってるから、何かあったら力になれる。くれぐれも妙なことは考えるな。いつでも相談に乗るから――いいな、加藤』

その後、彼女――加藤恵里香からの連絡は一切なく。

恵太の中では、あっという間に一年が過ぎていたのだった。


恵太には恵里香の気持ちがまったくわからなかった。

力になると言ったが、子供の父親になると言った覚えはなく、こんな仕打ちをされる覚えもない。わけもなく理不尽な目に遭わされている。そんな恵里香のことを、これ以上庇う必要があるのだろうか。

だが、相談に乗ると言いながら自分のことに手いっぱいで、その後は話すら聞けなかった。

赤ん坊とは縁のない生活をしてきた恵太には、四月初めに生まれたという紗恵の父親が誰なのか、見当もつかない。恵里香の夫か、彼女を酔わせて神社の林に連れ込んだ男か、あるいは他の誰かなのか。

そもそも、彼女が恋人と言っていた男と結婚したのかどうかもわからないのだ。

そして七瀬が言ったように、こんな時期に里帰り出産ではなく、実家に連絡も入れずに帰省してきたということは……。

一年前の出来事を知る恵太は、よくない想像ばかりしてしまう。

ここ数日、恵里香の七瀬に向けた言葉はかなり攻撃的だった。恵太が七瀬と結婚すると言ったとき、俄《にわか》には信じられないといった顔をした。

恵太が初恋の相手だという言葉は、信じていいものかどうかわからない。でも、今の彼女はよほど追い詰められていて、恵太しか縋る相手がいないのではないだろうか。

七瀬は大事だ。自分の命よりも大事で、もし恵太の命と引き換えに誰かひとりだけ救えると言われたら、迷うことなく七瀬を選ぶ。

だがそれと、神職にある者として交わした約束は別だった。

(短気だからなぁ、七瀬は。でも、今は怒ってても、あいつなら……わかってくれると思うんだけどな)

保身のために、恵里香の身に起こったことを人に話すのは、神職であろうとする自分の心に背く気がする。

それ以上に、一年前の恵里香は平気なフリをしていたが、激しいショックを受けていることは恵太にもわかった。その事実を中学時代の同級生に知られたら……あのときのショックに追い打ちをかけることになる。

恵太は居間に座り込んだまま、立ち上がることもできずにいた。どうすることが正しいのか、考えれば考えるほどわからなくなる。


「言えない理由は神職ゆえ、か……」

「え？」

父の声が耳に入ってきて、恵太は顔を上げた。

「男としての失態を苦悩している顔ではないからな。そういうときこそ、己の中の罪穢れを祓《はら》うため、本殿で祝詞を奏上してくればいい。進むべき道はおのずと見えてくるものだ」

「……親父」

父はやはり恵太にとって大きな存在だ。

しかし、その後ろに見える母は……。

「男同士で何をわかり合っているのか知りませんが、母さんは少しも納得してませんからね。神主である前に、ひとりの男として七ちゃんを幸せにできないなら、そもそも、立派な神主になれるわけがないじゃないの！」

紗恵を寝かしつけながら、小声で文句を言う。

「母親が迎えに来るまで、ちゃんと恵太が面倒見なさいよ。理由を言わないっていうのはそういうことだから。自分で責任を取りなさい。母さん、知りませんからね！」

母の叱責を背中に受けつつ、恵太は気を引き締めるために、白衣と白袴に身を包んだ。

☆　☆　☆

深夜、恵太は紗恵を腕に抱き、神社の周りを歩き回っていた。

隣の家とはそれなりに距離があるため、赤ん坊の泣き声で迷惑をかけることはないだろう。それがせめても救いだ。

そんなことを考えつつ、立ち止まるとぐずり始める紗恵に、恵太のほうが泣きたくなってくる。

（俺が何をしたっていうんだ……）

白袴姿のまま、慣れない手つきで赤ん坊をあやす。

祝詞を上げたことで気持ちは落ちついたが、正しい答えは見つからないままだ。進むべき道も、同じところをグルグル回っている、今の恵太そのものだった。

「どっちにしても、おまえが一番の被害者だよなぁ。俺はパパじゃないからさ、上手くあやせなくてごめんな」

とぼとぼと歩きながら、紗恵の顔を見て話しかける。

そのとき、

「ホントーにパパじゃないんだね」

深夜二時を回った時間、まさか声をかけられるとは思わず、恵太は飛び上がるようにして振り返った。

「な、なな、せ？　ビ、ビックリさせるなよ」

「何ビビってるのよ。神主様のくせに、お化けでも出たって思った？」

そう言うと七瀬は笑った。

まるで、何もなかったかのような屈託のない笑顔に、恵太は立ち止まったまま見惚れてしまう。

すると、勝手に止まるなとばかり、腕の中の紗恵が泣き始めた。

「恵太の抱き方が悪いんじゃない？　あたしが抱っこしてみようか？」

「大丈夫なのか？」

恐る恐る尋ねると、七瀬はムッとした顔をした。

「失礼ね。これでも女なんですからっ！」

そんなやり取りをしながら、紗恵はいつの間にか七瀬の腕の中に収まっていた。

ベストな揺りかごというわけではなさそうだが、少なくとも恵太の腕より寝心地がいいらしい。

七瀬が身体を左右に揺らすだけで、紗恵はウトウトし始めている。

「きゃー可愛い。なんか柔らかい。それに甘い匂いがする。これって赤ちゃん独特の匂いだよねぇ」

「おまえ……怒ってないの？」

「恵太って、なんかあたしに怒られるようなことしたの？」

「いや、してないけど」

「じゃあ、怒るわけないじゃない。あたしはいつだって恵太の味方だよ。ただ……何度でも愛されてるって実感したいだけだもん」

「……七瀬……」

胸の奥からジワジワと温かくなってくる。

涙が込み上げそうになり、恵太は必死で我慢した。

「おまえの……お袋さん、怒ってんだろうな。――とにかく、明日、加藤の実家を探して話を聞きに行ってくる。加藤がトラブルに巻き込まれたとき、俺が神主だからっていろいろ打ち明けてくれたんだ。その信頼だけは裏切れない。でも、この子を置いていなくなるっていうのは許せないから、きっちり話はつけてくるよ。そのあとで、お袋さんには頭を下げに行くから」

恵太の言葉にうなずきながら、七瀬はポツリと零した。

「お母さんね、不安なんだと思う」

七瀬の母親はあまり豊かでない家庭で育ち、大学進学の夢を諦めて高卒で就職したという。様々なコンプレックスを抱え、七瀬の父親と出会い、恋に落ちて初めて幸せを手にしようとしたのだ。

ところが北村家からは大反対に遭い、ろくな祝福もされないまま……結婚生活はたった四年で幕を下ろす。それも、愛する夫の死、という最悪の形だった。

自分は人並みの幸せを手に入れられない運命なのかもしれない。

自分と関わったから夫は命を落とした。

自分の娘だから、七瀬も幸せを掴めないのだとしたら……。

「そんなバカなことがあるわけないだろ？」

「って、あたしも言うんだけどね」

七瀬は静かに紗恵を見つめる。そのまなざしには彼女の中に眠る母性と、彼女自身の母を思う愛情でいっぱいだった。

それを感じたとき、恵太は抑え切れずに七瀬を抱き締めていた。

「ごめん。今はこんなで頼りないけど、でも、一生かけて七瀬を幸せにしてみせる。約束する」

「嬉しい……あたしも、恵太のこと幸せにするね」

恵太を見上げる七瀬の頬は夜目にも赤く染まっていた。わずかに濡れた愛しい人の唇がすぐそこにある。

ゆっくりとふたつの唇を重ねようとした、そのとき――。

「ん、ぎゃー!!」

完全に動きを止めたふたりに対する、抗議の泣き声だ。

泣く子と地頭《じとう》には勝てぬ――恵太はそのことわざを実感するのだった。

（六）

「だから、恵太が加藤さんに会いに行く間、預かるって言ってるんじゃない」

「だーかーらー、新居で預かればいいでしょう？　恵太くんの子供をあなたが面倒みたいと言うなら止めないけど、お母さんは知りません」

よっぽど機嫌を損ねたのか、母は駄々っ子のようだ。

「どうせ日曜でお店は休みなんだから、手伝ってくれたっていいじゃない。……ケチ！」

「はいはい、ケチですよ。せっかくの休みだものね。映画でも観に行って来ようかしら。久しぶりに駅地下でショッピングもいいわねぇ」

七瀬は母を相手に、さっきから同じやり取りを繰り返している。

大騒動から一夜明けた日曜日の昼、恵太はようやく同窓会の幹事と連絡を取り、恵里香の実家の住所を突き止めた。彼女の両親は何年も前に離婚していて、以前の住所には住んでおらず、引っ越し先を調べるのに午前中いっぱいかかってしまった。

最初の予定では、紗恵を連れて行くため、七瀬も同行しようと話していたのだが……。

『おまえさ……加藤にいきなり、ケンカ売ったりしないよな？』

不安そうな恵太の声に、『するわけないいじゃない』と言いきれなかったため、家で紗恵の面倒を見ているほうを選んだ。

だが、どうもひとりだと心許ない。

生後三ヶ月の赤ん坊。七瀬自身が産んだならいざ知らず、他人様の赤ん坊を『責任持って預かる』なんてとうてい言えない。

首は据わっているみたいだが、まだ、全体的にフニャフニャしている。間違って落とそうものなら、ごめんでは済まない。

粉ミルクも何度か作り直して、ようやく飲ませられるものができたくらいだ。

だがそれも、飲ませたあとすぐに寝かせたところ、見事に吐き戻してしまった。なんでもゲップが出るまでは、縦抱きで背中をさすってあげなくてはならなかったらしい。

(そんなこと、知らなくて当然じゃない。お母さんも黙って見てないで教えてよっ！)

変なものを飲ませたのではないかと、危うく救急車を呼ぶところだ。

だからこそ、一緒に面倒を見て欲しいのだが、母の機嫌は一向に直らない。

「七瀬、やっぱり俺が連れて行くって」

背後から気弱な恵太の声が聞こえる。

「彼女の実家の引っ越し先って、国立病院の近くなんでしょ？　タクシーで三十分以上、電車とバスを乗り継いだら一時間以上かかるわよ」

「本当は車がいいんだけどな。でも、ベビーシートがないとヤバイし」

「やっぱりあたしも一緒に行こうか？　加藤さんと話す間は離れてる、とか？」

「でもさ、出先で赤ん坊とふたりなんて、平気か？」

家でも不安なのだ。外で何かあったら……七瀬はうなだれながら首を横に振る。

「もう一度、うちの親に頼んでみるよ」

「無理だって。今日は結婚式の着付けを頼まれてるから、絶対に断れないって。おばさん、そう言ってたじゃない。神主の仕事は全部おじさんに任せるんだから、紗恵ちゃんまでは無理よ」

託児施設も考えたが、残念ながら紗恵の身分証がない。そもそも、他人の子供を託児施設に預けようとするだけで、警察に通報されかねない。

七瀬は覚悟を決め、

「わかったわ。大丈夫、あたしひとりでなんとかして見せる！　安心して行ってきて」

そう言って胸を叩いた。

チラッとベビークーファンで眠っている紗恵に『できるだけ起きないでね』と心の中で囁き、チラチラッと母にも『協力してよ』と思わせぶりな視線を送る。

「我が子を置き去りにするような母親なんて、探し出しても無駄じゃないかしらねぇ」

そんな冷たいセリフを吐きながら、母はツンと横を向いた。

それでも、最終的には手を貸してくれるはずと思うのは……やっぱり甘えだろうか。

恵太も任せる気になったのか、

「じゃあ、七瀬、頼むな。あの……お義母さん、どうかよろしくお願いします」

そう言って頭を下げ、足をドアのほうに向けた。

直後――ドアが勢いよく開いて、カランカランカランとドアベルが忙しなく鳴る。

「紗恵！　紗恵、紗恵……ごめんね、ごめんね、ごめんなさい……」

飛び込んできたのは恵里香だ。

彼女はベビークーファンを見つけるなり、抱きついて泣き始めたのだった。

☆　☆　☆

「本当に、ご迷惑をおかけして、申し訳ありませんでした」

そう言って深々と頭を下げたのは、恵里香の夫、滝沢恵吾だ。二十代後半といった辺りか。無精ひげこそないが、まるで病人のように頰がげっそりして見える。ワイシャツの襟や袖口が汚れているので、きっと食事や身なりにも構わず、恵里香と紗恵を捜し歩いたのだろう。

そして〝紗恵〟という名前は、両親に共通する〝恵〟の字をもらったものだとわかった。

七瀬と母は席をはずそうとしたが、

「いえ、見苦しい言い訳になりますが……釈明だけでも聞いていただけたら」

滝沢の言葉を受け、ボックス席に滝沢夫妻と恵太、七瀬が向かい合って座り、母はカウンター席に腰を下ろした。

七瀬はこのとき初めて、一年前の真相を知る。

そしてその中には、恵太の知らない真相も含まれていたのだった。

恵太に神社で起こったことを他言しないよう頼んだ二週間後、恵里香は妊娠検査薬を使った。結果は陰性。事件の日は安全日だったため、恵里香はホッとしていた。

その数週間後、それでも来ないので再度検査した。すると、次は陽性を示したのである。

だが、一度は陰性だったのだから、あのときの子供ではない。そのあと、滝沢の子供を妊娠したのだ。そう確信して彼に妊娠を告げた。

滝沢は喜び、結婚の時期を前倒しした。

ただ、その結婚には以前から少々問題があり、それが恵里香の妊娠で大問題に発展していくことになる。

一番の問題は、滝沢の両親。父親は一流商社の重役で、母親は資産家の娘だった。ふたりは、ひとり息子にも家格にふさわしい結婚相手をと考えていた。

そのひとり息子が、地方出身の女子大生と結婚すると言う。当然、両親は大反対した。

恵里香の大学が中堅どころの女子大だったために『二流の女子大』と言い放ち、両親が離婚していることを理由に『まともな情操教育を受けていないはず』とあげつらった。

結婚後は同居になる。しかし、滝沢は今年の春から海外勤務が決まっていた。慣例により五年は戻ってこられないが、戻ってきたときは昇進が約束されている。

恵里香の大学卒業と同時に結婚して、海外で新婚時代を過ごす。五年も経《た》てば子供もいるだろう。帰国後は同居だが、孫がいれば両親の気持ちも変わっているはず。若いふたりはそんな未来を話し合っていた。

ところが、予定外の妊娠で数ヶ月とはいえ、両親と同居する羽目になってしまう。

恵里香は大学を卒業しておきたいと言い、滝沢も賛成してくれた。だが、滝沢の母が大反対したのだ。

『女子大生を妊娠させて結婚したと、会社や親戚中に変な評判が立ってるんですよ。恥の上塗りだというのに、まだ大学に通うというの？　あんな二流大学の卒業証書なんて、あっても無意味ですよ』

滝沢は休学して出産後に復学すればいいと言ったが、恵里香は義母に認めてもらいたい一心で、言うとおりに退学してしまった。

子供が生まれて、海外で新生活が始まればすべてがいいほうに変わる。

そう思っていた矢先、今度は海外勤務の話が流れてしまう。海外情勢の変化と、会社自体の経営方針転換の煽りを受けた結果だが、滝沢の両親……とくに母親の怒りは恵里香へと向かった。

『あなたのせいよ。あなたみたいな、なんの取り柄もない娘と結婚したから……。みんなが言ってるわ。息子さんは罠に嵌《は》められた、ってね』

恵里香に向けた憎しみは、生まれたばかりの紗恵にも向けられていく。

『うちの息子には全然似てないわね。まるで滝沢家の血を引いてないみたい。一度、正式にＤＮＡ検査をしてもらいましょうよ』

義母にそう言われたとき、恵里香の背中に冷たいものが伝った。


「ひょっとしたら……そう、思ったら……怖くて。気がついたら、この子を連れて……家を出ていたの」

嗚咽《おえつ》混じりに恵里香は話す。

「でも……姑の言いなりに大学を辞めたことで、実家の母とはケンカしていて……帰れなかった。愛川くんのことは忘れてたけど……でも、この前を通ったら、ガラス越しに目に入って……もう、あなたに頼るしかないって」

七瀬は呆然として呟く。

「だったら、そう言えばよかったのに」

「言えないわよ。北村さんがいたのに、言えるわけないじゃない！」

恵里香は逆切れするように叫んだ。

藁にも縋る思いで恵太に声をかけた。そこに割って入ったのが、昔から目障りに思っていた七瀬だったのだ。

七瀬はひとり親であることを隠す様子もなく、喫茶店をしている母親を『料理上手』と自慢していた。学校ではどんな失敗をしても笑ってごまかしてしまう。たいした特技があるわけでなし、勉強は中の上、スポーツは苦手。それなのに、友だちは多かったし、教師たちにも可愛がられていた。

一番羨ましかったのは、神社の前に住んでいるというだけで、巫女の仕事を手伝っているということ。緋袴姿で、男子たちの注目を一身に集めて――。

「ちょっと、ちょっと待って！　それって、何かの間違いじゃない？　注目なんて集めてないし、それに……あたしが、羨ましい？」

スポーツも勉強もできて、スタイル抜群で高校生の彼氏までいた。地元の有名企業に勤める父親がいて、羨ましいくらいの大きな家に住んでいたのだ。

そんな恵里香からバカにされこそすれ、妬《ねた》まれる理由がわからない。

「彼氏なんていなかったわ。塾に通って、家庭教師までつけて、それであの程度。本当は愛川くんと同じ進学校に行きたかったの。でも、偏差値が足りなくて……受験失敗するのが嫌で、私立の女子校に行ったのよ。それに、私の父は何年も前に家族を捨てたの。大きいだけの空っぽの家だった」

恵里香の告白はあまりにも信じ難い内容だ。

でも、この期に及んで彼女が嘘をつくとは思えなかった。

「私ひとり、世界中の不幸を背負い込んでいる気分だった。一生、幸せになれない気がした。そのとき体育館で――〝一生大切にします〟そう言われて、幸せそうにしてるあなたを見て、傷つけてやりたかったの」

恵里香は神社裏での嶋村の話を覚えていた。昨日、彼女も中学校まで来ていたらしい。体育館での演奏や歓声は外まで聞こえ……それが、衝動的に紗恵を置き去りにした挙げ句、恵太を父親だと名指しした引き金になった。

七瀬は居た堪れない気持ちになる。

そのときふいに、七瀬の母がイスから立ち上がった。

何ごとだろう、と七瀬が首を傾げながら見ていると、母は恵里香につかつかと歩み寄る。

そして、いきなり恵里香の頬を打った。

ペチンという音は控えめで、昨夜恵太が母親から叩かれたほど派手な音ではない。

だが、叩かれたこともないのか、恵里香は頬を押さえて呆然としていた。

「そんなことのために、子供を手放す母親がいますか！　どんな事情があれ、あなたはあの子を幸せにしないといけないのよ!!」

その言葉に店内は水を打ったように静まる。

「夫の両親に疎まれるつらさは、充分にわかるつもりです。それでも、子供が自分の手で幸せを摑みたいと言って離れて行くまで、与え続けるのが親の役目なの。まあ、子供はひとりで大きくなったような顔をしてるけど……これぱっかりは、順番なのよねぇ」

後半部分は、おそらく七瀬に向けた言葉だろう。

そう思ったとき、ベビークーファンの中から泣き声が上がった。恵里香が立とうとするが、それを制して母が紗恵を抱き上げる。

「先に話を済ませなさい」

そう言うと、紗恵をあやしつつ、母は店の奥に入っていってしまう。

（なんだかんだ言って、本当は抱っこしてあやしたかったんじゃないの？　あの調子だと、本気で反省するまで返しません！　とか、言い出しそう）

母は六人もの兄弟姉妹の中で育っている。本当なら、七瀬の弟妹はたくさん欲しかったと言っていた。ようするに子供好きなので、七瀬が本当に困っていたら助けてくれたのは確実だろう。

泣き声が遠ざかり、次に口を開いたのは滝沢だった。

「妻が娘を連れて家を出て行ったと聞き、慌てて探しました。でも、実家にも戻っていなくて……」

途方に暮れていたが、昨日の夕方、恵里香のほうから連絡があったという。

恵里香は半ば正気を失っていて、衝動的に一年前の出来事を告白した。さらには、紗恵を手放してしまったと言い、このまま死にたいと泣き始める。滝沢は慌てて居場所を聞き、東京から駆けつけたのだった。

「でもその前に、妻を襲った同僚を締め上げてきました。どうしても、許せなかったんです」

彼の同僚は、父親が重役でトントン拍子に出世する滝沢が妬ましかった、そう白状したという。ワインには睡眠薬を混ぜたらしい。

（そんなもの持ち歩いてるってことは、常習犯なんじゃないの⁉）

七瀬はその男を警察に突き出してやりたかったが、そこまで口は挟めない。

その男は、ホテル代をケチってひと気のない神社に恵里香を連れ込んだものの、途中で誰かが近くまでやって来たり、懐中電灯の灯りが見えたりしたため、最後まで至らずに逃げ出したという。

滝沢の言葉を聞いた瞬間、七瀬と恵太は声を揃えた。

「え？　じゃあ……」

「それって、紗恵ちゃんのパパは……」

「はい。奴も、未遂ということに恵里香自身も気づいているから、私に黙っているのだと、勝手に思っていたようです」

七瀬は全身から力が抜けた。

「よ、よかったぁ」

恵里香はムシの好かない相手だが、だからと言って酷い目に遭って当然とは思えない。

紗恵のためにも、この見るからに優しいパパが本当のパパであるほうが一万倍も幸せだろう。

「よかったね、加藤――違った、滝沢さん。あたしも紗恵ちゃんを見たとき、羨ましいなあって思った。でも、ひと晩お世話したけど……あなたのことソンケーする。だって、紗恵ちゃん連れてバスに乗る自信もないよ、今はね」

「今は？」

「うん。近いうちに恵太の赤ちゃんを産んで、あなたに負けないママになるわ。で、二十年経ったら子供に向かって、ひとりで大きくなったような顔して、って言ってやる」

七瀬の言葉に、恵里香は初めて心からの笑顔を見せた。

「そうね、私も言っていいかな……もう、そんな資格はないのかな」

「大丈夫だって、紗恵ちゃんは覚えてないから。でも、あたしは覚えてるから、貸しひとつね」

女ふたりが顔を見合わせて笑ったとき、横から恵太が口を挟んだ。

「それで、これからおふたりは？」

「ひとり息子としての責任ばかり気にして、妻に無理をさせていたことに気づきました。両親を切り捨てることはできませんが……少なくとも考えを改めてくれるまで、家を出て家族三人で暮らします」

滝沢の言葉を受け、夫の顔を見つめたまま恵里香が口を開く。

「彼は私の告白を聞いても、すぐに言ってくれたんです。――誰がなんと言おうと、紗恵は自分の娘だ、と。もちろん、真実を知る前に」

それでこそ〝本物の男〟だろう。滝沢は線が細くて神経質そうに見えるが、一本筋の通った素晴らしい男性らしい。

七瀬が感動していると、恵里香は恵太に向かって頭を下げた。

「愛川くん、迷惑をかけてごめんなさい。でも、誰にも言わずにいてくれて、本当にありがとう。あなたを信じてよかった」

恵太は何も答えず、ちょっと照れ笑いを浮かべていた。

ふたりは何度もお礼を言い、紗恵を愛おしそうに抱き、帰って行ったのだった。

☆　☆　☆

ふたりの新居、洋服ダンスの並んだ和室に七瀬の声が響く。

「恵太！　無理に入れちゃダメッ!!」

「そんなに力入れてないって」

「だって、ほら……奥に当たってるもの。もっと、手前にして」

七瀬は手を添えて手前に引き出す。

「待てよ。それじゃはずれるって」

「これくらいで充分なの。今度は立って！　恵太も協力してよ」

「だからさっきから協力して……っと、ほら見ろ、はずれたじゃないか」

案の定といった感じで、恵太はこっちを見ている。

「あたしのせい？　わかったわよ、自分ではめるから」

七瀬はムッとして恵太の手からカーテンを奪い取り、カーテンレールに吊るしていく。

そのとき、月明かりの射し込む窓の向こうから、かすかに赤ん坊の泣き声が聞こえてきて、七瀬の胸に紗恵の顔が浮かんだ。

七瀬の母は、自分と似たような境遇の恵里香にすっかり同情したらしい。

『ひとり息子の母親にとって、嫁は憎き敵なのよねぇ。ちょっと、七瀬、あなたって本当に運がいいのよ。恵太くんのお母さんは長年、宮司の妻として奉仕してこられた方だから、人間ができてるの。ちゃんと見習いなさいよ。でも……あなたができた人間になれるのかしらねぇ？』

今度はため息混じりに、娘の粗探《あらさが》しを始めるのだから堪らない。婚約を白紙に戻すとあんなに怒っていたのは都合よく忘れてしまったようだ。

挙げ句の果てに、

『紗恵ちゃん、可愛かったわぁ。あなたも早く産みなさい。お母さんが面倒見てあげるから。その代わり、お店のほうはお願いね』

なんて勝手なことを言い始める。

一方、恵太の両親にも事情を話すと、ホッと胸を撫で下ろしてくれた。

とはいえ、恵太の母の場合は、やはり息子を持つ母親視点になるようだ。

『親に好き勝手言わせて、奥さんが思い詰めて出て行くまで気づかないなんて。それは亭主のほうが情けないわね。おばさんだったら、そんな情けない息子のほうを追い出しちゃうわ！』

と言いながら、恵太を叩き出すフリをして笑った。

恵太自身は誤解で叩かれたのだから、笑いごとじゃない、といった顔をしている。

しかし父親から、

『神職として人の役に立とうと思えば、別の誰かを傷つけてしまうこともある。いい勉強になっただろう』

そんなふうに言われては、『ご心配をおかけしました』と頭を下げるよりほかなかった。

その夜、ふたりは先延ばしになっていたカーテンを取りつけるため、新居にやって来ていた。

窓際で七瀬の手が止まったのに気づき、恵太は隣に立つ。

「紗恵ちゃん、手も足も小さかったなぁ。でも、あの小さい身体で、なんであんなでかい声が出るんだろう?」

「うん、すごいよね。生存本能ってヤツかな? 不満は全部泣いて知らせる、みたいな」

「泣いてるのは、隣のコーポかな? 眠るまで、親が交代で抱っこするんだろうな。あれは大変だぞ」

しみじみと言う恵太の横顔を見上げつつ、

「赤ちゃん……欲しくなくなった？」

ちょっと心配になって聞いてみる。

だが、恵太にすれば思いがけない質問だったらしい。

「なっ、なんで？」

「だって、紗恵ちゃんはひと晩預かっただけじゃない。でも、自分の子供ってなったら、ずっと付き合わなくちゃいけないんだよ。こっちの都合なんて関係なしだから……」

「そうそう、俺って小さいころはしょっちゅう熱出してさ。だから、お袋は毎週のように小児科通ってたって。しかも土日に限って高熱を出すらしい。平日にしてくれって叫びたかったって言ってたな」

恵太の言葉に七瀬も思い出す。

七瀬がインフルエンザで寝込んだとき、母も同じようにインフルエンザに罹《かか》ったのだ。

だが、子供は容態が急変しやすいと聞き、母は自分も四十度近い高熱を出しながら、夜通し七瀬の看病をしてくれた。

「お袋から、親に感謝しなくてもいいから、自分の子供をちゃんと育てろって言われた。たしかに大変そうだけど……なんか、自分の血を引いた子供っていうのも、いいなぁって思ったかな。七瀬は？」

「うん、恵太にそっくりの男の子が欲しい」

「……じゃ、作ろうか？」

「は？　え？　ええっ!?　ちょっと待ってよ、それは……ぁんっ」

恵太の手が横から伸びてきて、ふいに抱き締められた。

顔を見ようとした瞬間にキスされて、条件反射で目を閉じる。

いつのころからだろう、キスがしだいに深まって、お互いの舌を絡めるようになったのは。舌先が触れ合うだけでドキドキして、七瀬はいつも、その先はされるがままになってしまう。

腰から背中にかけて撫でていた彼の手が、胸に触れた。Tシャツの上からゆるりと弄《いじ》り始める。

「はっ……んんっ……恵太、布団……敷く？」

「立ったまま、してみないか？　今日の七瀬、ミニスカートだし」

恵太の言うとおり、今日はちょっと可愛らしい、フレアタイプのミニスカートを穿いている。立ったままでもショーツだけ下ろせばできそうな格好ではあった。

七瀬がうなずこうとしたとき、背中を窓ガラスに押し当てられる。そのまま、彼の手がTシャツをたくし上げ、中に滑り込んできた。

「きゃっ……冷たい」

ひんやりした窓ガラスが素肌に触れ、七瀬は声を上げてしまう。

ちょうど背中が当たっている部分には、まだカーテンをかけていなかった。でもすぐに、その冷たさよりも直接胸を揉まれる快感に意識が囚《とら》われる。

赤ん坊の泣き声ほど大きくないつもりだが、声が漏れてしまうことを心配して、七瀬は唇を噛み締めた。

「嫌か？」

ブンブンブンと首を横に振る。

「じゃあ、なんで声を出さないんだ？」

口を開いたら喘いでしまいそうだ。七瀬がキュッと口を閉じたままでいると、恵太の指がスカートの裾から入り込んできた。

「こっちでも我慢できるかな？」

首を縦に振る自信はなかった。かと言って、横に振るなんて恥ずかし過ぎる。最後の選択肢は、口を尖らせて横を向くくらいしかないだろう。

すると、恵太は空いた手で七瀬の手首を摑み、自分の股間に押し当てたのだ。

硬いモノに触れ、七瀬は息を呑む。

(また、口でって言うのかな？　今度は上手くできたらいいんだけど……。あたしが下手だと、長く持たなくて恵太を凹ませちゃうのよね)

今度は最初から咥《くわ》えようか、なんてことまで考えてしまう。

「おまえの手で脱がしてくれるか？　硬くなったコイツを取り出して欲しい」

熱に浮かされた恵太の声だった
言われるまま、スーッとファスナーを下ろしていく。同時に、七瀬のショーツの中に、恵太の指がスルリと入り込んできた。

「あっんんっ……待っ、て、そんな……急に、しちゃ、ダメ」

恵太の指はすぐさまヌメリを見つけ出した。クチュリと小さな水音が聞こえてきて、それはしだいに大きくなっていく。

堪え切れず、七瀬が腰を揺らし始めたとき、恵太の指がピタリと止まった。

「じゃあ、ちょっと待とうか？　でも、下着……脱がしてからすればよかったかな。ぐっしょりになってる」

恵太はいじめっ子のようにニヤニヤ笑いながら言う。

それを見ていると、負けず嫌いの七瀬は悔しくて涙が浮かんでくる。

やり返したい気持ちで恵太の下着に触れた。すると、そこはもう硬くそそり勃っていた。

急いで下着の中から高ぶりを取り出し、両手で包み込む。そして、サワサワと撫で始めた。

とたんに、恵太の息遣いは荒くなる。

「ねえ、恵太……ドンドン硬くなっていくんだけど。また口でしてあげようか？　それとも、あたしが下手だからイヤかな？」

「おまえ……それは、なんの嫌味だ？」

男の人のソレは不思議な形状をしている。

真ん中の棒は太い骨が通っているみたいに硬くなるのに、根元にあるふたつの玉は柔らかいままだ。触るとフニャフニャして、奥に引っ込んでしまう。でもまた、すぐに元の形に戻る。

七瀬は半分以上が興味本位でその辺りを触っていた。

でも、恵太にすればそれはくすぐったい、を通り越した刺激になっていたらしい。

「ちょ、ちょー待て……わかった、降参。俺が悪かった……また、フライングしそうだから、勘弁して……」

泣きそうな恵太の声に七瀬はびっくりして手を止める。

「これって、気持ちいいの?」

「ああ、めちゃくちゃいい。でも、イクのは七瀬の中がいい」

恵太は七瀬の身体を抱き締め、キスしてきた。

そしてクルリと彼女の向きを変えさせ、ガラス窓に手をつかせた。フレアスカートが腰の上までたくし上げられ、恵太の手でショーツが足元まで引き下ろされる。片足だけ抜かれ、ほんの少し足を開いて立たされた。

後ろから、恵太を受け入れるのは嫌いじゃない。

でも、立ったままは初めてだった。

「七瀬、もうちょい、前屈みになれる?」

上半身を倒すと、お尻を突き出したような格好になる。ベッドではそれに近い格好をするが、でも、立ったまま、しかも服を着たままというのは恥ずかしい。

恵太のペニスが甘い蜜で泥濘《ぬかる》んだ場所を上下したあと、七瀬の中に潜り込もうとする。

「あ、待って、ソコじゃないって！　もっと下」

すると、恵太の指先が優しく蜜窟のとば口をなぞり、

「ココで合ってるか？」

そんなふうに耳のすぐ後ろで囁いた。

七瀬は喘ぎ声を上げてしまいそうになり、口をキュッと閉じてうなずく。

「……七瀬、おまえが好きだ。愛してる」

挿入の瞬間、信じられないほど甘いセリフを囁かれた。

七瀬の心は一瞬で、真夏のアイスクリームのように溶け落ちてしまう。その中には意地っ張りな心や素直になれない心も混じっていたようだ。

「あ、あたしも……恵太が好き。大好き……あっ、あっ……気持ち、いい……もっと、して」

心に浮かんだままを、七瀬は声にしていた。

緩やかな出し入れは瞬く間に、速く激しい抽送へと変わる。

「俺も、気持ちいい。おまえだけだ、一生おまえだけだから、愛してる」

「あたしも……恵太だけ……ああっ！」

七瀬は頬をガラスに押しつけ、下肢を戦慄かせた。と同時に、恵太の動きも止まる。ふたりはこれ以上ないほど深く繋がり、七瀬は自分の奥深くでヒクヒクと痙攣する恵太の分身を感じていた。

少し開いたカーテンの隙間から墨を溶かしたような闇が見えた。それは少しずつ薄くなり、やがて水色に……そして暖かなオレンジ色へと変わる。

和室に布団を敷き、お互いに裸で転がった。そして、恵太に抱き締められたまま、満たされた朝を迎える。

七瀬は少し眠って、外が白々と明るくなるときには目を覚ましていた。

恵太はまだ眠っているのだろうか？

「好きよ、恵太。……こういう朝もいいよね」

清々《すがすが》しい空気を震わせるように、七瀬は小声で呟く。

「ああ、いいよな」

「恵太！　起きてたんだ。あ、朝拝があるもんね」

まだ少し早いが、七瀬は店の、恵太は神社の境内を掃除しなくてはいけない。

「でもその前に、せっかくの朝だし、もう一回やるか？」

「……はあ!?」

「〝こういう〟朝もいいって、〝そういう〟意味じゃなかったのか？」

七瀬は恵太の腕の中から跳ね起きる。

そして、張り切った朝勃ちが目に入った瞬間、怒鳴っていた。

「もうっ！　朝っぱらからいい加減にしなさい、エロ神主!!」

ふたりの未来に幸多からんことを――。

本書は、2012年5月～2014年9月にパブリッシングリンクより配信された電子書籍作品『いけない神主さま』シリーズを加筆修正したものです。

なお、本作品はフィクションであり、実在の個人・団体などとは一切関係がありません。

徳間文庫

いけない神主《かんぬし》さま

2014年9月15日 初刷

著者 御《み》堂《どう》志《し》生《き》
発行者 平野健一
東京都港区芝大門二−二−二〒105−8055
発行所 株式会社徳間書店
電話 編集〇三(五四〇三)四三四九
販売〇四八(四五一)五九六〇
振替 〇〇一四〇−〇−四四三九二
印刷 株式会社廣済堂
製本 株式会社宮本製本所

ISBN978-4-19-893887-1 (乱丁、落丁本はお取りかえいたします)